Christian Bousiquier

Géraldine Tome 3

Géraldine, ma bonne étoile !

Du même auteur :

Appelez-moi Géraldine ! Géraldine Tome 1
Éditeur : BoD - Books on Demand

L'autre Géraldine... Géraldine Tome 2
Éditeur : BoD - Books on Demand

Apocalypse en Ukraine – Révélation dans l'O-ise
Éditeur : BoD - Books on Demand
Date de parution : 01.05.2024

Révélation – Le grand secret (thèse)
Kabbale – alchimie – franc-maçonnerie - Octobre 2004

La Parole d'en bas @sival eurl éditions
Déposé à la SGDL

Comprendre les sociétés secrètes et la mystique juive
(thèse romancée)
Septembre 2021 - Saint Honoré éditions

1. La maison de mes rêves

– Géraldine, jamais je n'ai éprouvé de telles émotions ! Et vous ?

– La même chose. Parfois, j'en tremble. Beaucoup de plaisir...

Et pourtant, elle reste distante. Impossible de la toucher ! Si, ces derniers temps, elle s'exclamait à chaque instant *Embrassez-moi !* Des baisers tendres, sur le bout des lèvres. Depuis, on se sent très proches même si elle tient à rester fidèle à son ami.

Situation difficile à comprendre. Et encore moins facile à supporter. Elle qui dit toujours *Lâchez-vous !* Elle-même pourrait prendre un peu de hauteur. Tout le monde y gagnerait. Non, elle ne veut rien entendre. Et pourtant, des liens très forts nous unissent... Davantage, que si nous couchions ensemble. Notre relation se situe sur un autre plan.

– Géraldine, j'ai besoin de vous.

– Pareil pour moi. Vous comptez beaucoup pour moi.

Elle se rapproche et m'embrasse sur le bout des lèvres. Un seuil jamais franchi. Elle ne veut pas.

Agressive ? Elle ne l'est plus. Désormais, je le devine à ses yeux, je représente plus qu'un ami. Elle semble amoureuse.

Nous partageons la même excitation. Elle tremble... Moi aussi... Elle demande :

– Pourquoi ne voulez-vous pas visiter cette maison ? Elle vous plairait... Grande, spacieuse. Vous en rêvez... En l'achetant, elle serait à vous. D'autant que le vendeur la cède à un prix raisonnable.

Divorcé depuis deux ans, vente nécessaire pour le partage des biens. Jamais drôle un divorce, surtout pour les enfants... Information glanée au tribunal. Me sachant à la recherche d'une maison, et ne voulant pas me décevoir, elle prend la peine de la visiter. L'affaire lui semble intéressante, d'une valeur nettement supérieure au prix de vente.

Bref, je paierai le juste prix. Important, pour la revente. Oui, il faut prévoir...

L'argent... J'ai demandé si je pouvais utiliser l'argent à l'entité lors d'une de ses visites, une nuit. Il lui appartenait d'accepter ou de refuser. Pas la moindre hésitation. Tout de suite accordé. Un bon placement, la pierre... Et puis, elles n'y perdraient pas (je parle des entités). Intérêts supérieurs à ceux dont elles profitent actuellement. D'ailleurs, en y réfléchissant, sont-elles pressées ? Le principal, ne plus claquer des dents.

Un autre, à ma place, aurait gaspillé cet argent en achetant n'importe quoi. Une maison représente un bon investissement. Ça compte... Évidemment, vu le prix, je ne doute pas qu'il puisse s'agir d'une belle maison. Géraldine affirme *Vous verrez, irrésistible !* Et puis, un monsieur très gentil...

– Si vous voulez, je vous accompagne.

Aimable de sa part. D'autant qu'elle connaît la maison et le propriétaire. Au courant de ma situation. Évidemment, une telle proposition demande réflexion.

– J'hésite...

– Vous pourriez au moins la visiter. Même si vous ne la prenez pas !

Elle me pousse à la visiter. Ah, c'est bien une femme !

D'ailleurs, voilà qu'elle s'approche de moi. C'est vrai, qu'elle tremble un peu. Tous deux dans un état ! Avec ses bêtises de m'interdire de la toucher. Voilà le résultat... De vrais adolescents.

Nul doute qu'on a besoin l'un de l'autre.

– Je peux mettre ma chaise contre la vôtre ! Ou, plus exactement, non. On va s'asseoir sur le bord du lit, l'un près de l'autre, comme au bon vieux temps. Lorsque je logeais à l'hôtel... Les carrés de chocolat. Vous vous souvenez...

– Inoubliable... Vous me parliez de condamnations très sévères qu'encourent les hommes qui manquent de respect envers les femmes. Ça, je m'en souviendrai.

– Vous n'avez plus peur !

– Non... Et puis, je me suis habitué à ne pas vous toucher. Parfois, il m'arrive de le regretter.

– Vous savez que vous ne pouvez pas ! Venez... J'ai des chocolats...

Nous nous asseyons sur le bord du lit. Elle s'exclame :

– Alors, on n'est pas bien là, tous les deux !

– Vous avez une idée derrière la tête !

– Allez-y de ma part... Rien ne vous oblige à l'acheter ! observe-t-elle en se blottissant contre moi.

Puis, instinctivement, nous cherchons nos lèvres. Des petits baisers d'amour. D'ailleurs, nous échangeons des mots tendres. Elle observe :

– J'éprouve de curieuses sensations à votre contact.

– Pareil pour moi... Quelque chose d'intense, de très fort. La première fois ! dis-je en versant une larme.

Puis, nous basculons sur le lit. Pour nous enlacer... Pendant que nos lèvres se mélangent, elle me tient les mains comme si elle craignait que j'en vienne à la toucher. Et puis, encore des mots d'amour, des gémissements. Exactement, comme dans une relation normale. Jamais connu pareilles sensations.

– Vous irez ! Vous ne pouvez pas dire *Non.*

– Pourquoi ?

– Parce que vous êtes à moi. Je vous tiens... Dites le contraire !
Ses bisous m'empêchent de répondre.

– Très vrai... Vous me tenez et je m'en rends compte. C'est bon...
L'impression...

– L'impression de quoi ?

– De devenir une marionnette entre vos mains. Presque drogué... La sensation d'avaler du poison.

– Un poison très agréable à boire !

– Justement... Si je me laissais aller, je dirais *Oui*. En la circonstance, j'essaie de résister.

– Vous ne pouvez pas résister... Obligé de céder. La maison de vos rêves ! Vous m'en parlez souvent... Celle-ci lui correspond tout à fait. Et puis, j'ai pris la peine de la visiter. Il ne s'agit donc pas d'un choix à la légère. Elle devrait vous plaire. C'est pourquoi je me permets d'insister. Superbe, confortable, vaste terrain... Je souhaite votre bonheur.

Pourquoi mon bonheur ? Pourquoi insiste-t-elle tellement à me faire visiter cette maison ? Même s'il s'agit d'une très belle maison. Finalement... Il nous arrive souvent de vouloir décider à la place des autres. L'impression de mieux comprendre la situation, de se montrer plus objectif.

Comportement condamnable ? Humain, surtout... Parfois, l'autre nous remercie après coup *Tu avais raison !* Même comportement pour la vie sentimentale. On cherche à prévenir *Attention, tu fais une bêtise !* Plus fort que soi... Faudrait détourner la tête, se taire. On ne peut pas...

– Pas fâchée !

– Déçue... Vous n'avez pas le droit de refuser. Tenez, prenez un carré de chocolat. Je cherche à vous faire plaisir. Vous ne le méritez pas ! Exactement comme si vous refusiez de sortir un cadeau de son emballage.

– Pourtant, je tiens à vous !

– On ne le dirait pas. Et puis, parfois, vous dites des choses...

Tenez, ne m'avez-vous pas dit l'autre jour *Quelle salope* ! Faut le faire... Moi, j'encaisse. Je ne réponds pas. Je vous trouve des excuses. Stupide, de m'attacher à vous...

Seulement, pensé... Oui, j'ai pensé *Quelle salope* ! C'est parti tout seul... Jamais je n'aurais prononcé un tel mot. Là, je ne comprends pas !

— Je ne comprends, jamais je n'ai dit *Quelle salope* !

— Vous le pensiez si fort ! Ainsi l'ai-je entendu... Vrai, ou faux ?

— Un peu vrai. Si je venais à visiter cette maison, vous en retireriez un certain plaisir.

— Parce que je pense à vous ! Vous me décrivez la maison de vos rêves. Je vous la déniche. Et au moment de la visiter, vous refusez. Acceptez ! Pour me faire plaisir...

— Vous pensez surtout à vous, à votre propre plaisir.

— Vous êtes bête ! Et au vôtre... Une maison à votre goût pour un prix raisonnable. Pourquoi ne pas changer ! D'autant que vous êtes en location !

Encore une fois, je m'interroge. Nous partageons quoi ? De l'amitié l'un pour l'autre. Loin d'une liaison amoureuse où l'on s'enlace, où l'envie de vivre ensemble s'impose chaque jour d'avantage. Des souvenirs me reviennent... Avant le mariage, avec mon ex. Oui, on s'aimait... Au point de ne pas concevoir la vie l'un sans l'autre. En la circonstance, la situation se situe sur un autre plan.

— Vous dites *spacieuse...* Vous viendrez loger chez nous ? Vous auriez votre chambre.

— Toujours, le même problème. Très attirée par vous. Je vous apprécie, je l'avoue. Pourtant, impossible. Je tiens à rester fidèle à mon ami. D'ailleurs, vous l'avez compris. Vous ne cherchez plus à me prendre de force.

— Je n'ai jamais cherché à vous prendre de force !

— Un jour à l'hôtel, souvenez-vous, nous étions près de la fenêtre. Obligée d'intervenir, de vous remettre en place...

– Je m'en souviens, oui. Très agressive. Vous ne l'êtes plus. Vous changez dans le bon sens. Et puis, vous m'embrassez sur le bout des lèvres, pour m'obliger à céder.

Oui, uniquement pour m'obliger à visiter cette maison. Si encore, elle envisageait d'habiter avec nous ! Non, elle prend un appartement pour vivre seule. Curieuse relation ! Évidemment, elle attend son ami. Lorsqu'il sortira du coma... Oui, je comprends, j'approuve. Très beau...

– Je ne vous demande pourtant pas grand chose. Uniquement, la visiter... Que vous vouliez, ou non, l'acheter, c'est votre problème. Entre nous, votre histoire d'utiliser l'argent des entités. Pas très moral !

– Tout le monde y gagne... Vaut mieux avoir un trésorier heureux, qu'un trésorier dans la misère. Oui, je dois gagner de l'argent pour mieux défendre leurs intérêts.

– Ah, il faut vous entendre ! Vous tournez les choses à votre manière. Aucun scrupule !

– Vous dites ça, par dépit, sous l'impulsion de la colère. Alors, vous me ressortez des choses...

– Me traiter de *Quelle salope !* Ça ne s'oublie pas.

– Moment de révolte. Parfois, je ne vous trouve pas très morale !

– Et pourtant, je me souviens encore de vos propos *Tout nous réunit !* D'où ces sentiments tendres, l'un pour l'autre. Vous l'avez encore dit tout à l'heure *Je vous apprécie* et *Je ne pourrais vivre sans vous !*

– Je le ressens... Oui, quelque chose nous unit. Difficile de comprendre pourquoi j'éprouve de telles émotions à votre contact. La même chose pour vous. Tenez, vos mains tremblent... Très nouveau, pour moi.

Seul problème, elle ne veut pas vivre avec nous. Relation étrange, ambiguë, qui me fait connaître d'étranges sensations. Maria... Très différent, beaucoup plus classique. Géraldine, amour compliqué !

– Pourquoi, à votre avis ?

– Vaut mieux ne pas chercher à comprendre. Disons qu'on se complète. Rencontre nécessaire.

– Une histoire d'amour...

– En quelque sorte... Certainement très jolie, cette maison. D'autant que vous connaissez la mienne.

– Différent, d'une location. Et puis, elle vous conviendrait mieux. Elle collerait davantage à votre *image*. Celle où vous habitez actuellement se montre étroite. Il vous manque une chambre pour Valérie, et vous me reprochez de prendre une location ! Vous y seriez mieux. Maintenant, si vous tenez à rester malheureux ! Je ne vous force pas.

– Si, vous me forcez. D'ailleurs, vous m'avez dit *Je vous tiens...*

Elle se niche à nouveau contre moi. Ah, lorsque les femmes veulent quelque chose ! Difficile de résister. D'ailleurs, elle dit *Vous devez céder !* Et naturellement, elle colle ses lèvres sur les miennes. Un doux baiser... Tout à fait bon... Évidemment, j'ai envie de murmurer *J'irais, si vous le voulez.* Ou, encore *Je ferais tout ce qu'il vous plaira !* Ça, elle me tient... Pourtant, est-ce par esprit de contradiction, j'observe *Je vais réfléchir !*

Évidemment, elle se montre déçue. Faut la comprendre. Elle se démène pour moi, et je me montre désagréable. Ça me coûterait quoi d'aller visiter cette maison. En réalité, au fond de moi, je sens bien qu'elle me tient. Je réagis ainsi pour sauver les apparences.

Finalement, je trouve un biais.

– J'irais, mais pas aujourd'hui !

Voilà, elle sera tout de même contente. Demain, on verra...

Et puis, il y a tout de même Maria. Elle me tient, elle-aussi. Rapports complètement différents. Plus classiques, plus sains. Voilà, le mot...

– Vous êtes désagréable. Moi, je cherche à vous faire plaisir. Pourquoi refuser de visiter cette maison !

Brusquement, elle pose ses lèvres brûlantes sur les miennes en s'exclamant :

– Venez, on y va ensemble...

Obligé de céder. Pour faire plaisir.

À peine installés dans la voiture, qu'elle décide de téléphoner pour avertir le propriétaire de notre arrivée. Et puis, elle a oublié les clés de son appartement. Quelle tête en l'air !

– Je reviens dans une minute.

Oui, vaut mieux...

– Donc vous connaissez l'endroit !

– Vous verrez, très belle maison. Exactement celle de vos rêves. Rien ne vous oblige de l'acheter. Et puis, vous pourrez retourner la visiter. Le monsieur, très gentil, connaît votre situation et il comprend. Surtout, vous disposez de l'argent... Parfois, je ne vous comprends pas. Faites-vous plaisir...

Vous disposez de l'argent ! Comme elle y va... Je ne suis pas Crésus. Il faudra tout de même demander un prêt à la banque. Évidemment, d'un sens, je lui rends raison. Pourtant, impossible de décider sans l'avis de Maria. Son mot à dire, elle-aussi. Plus seul à décider. Elle compte... Si cette maison représente la maison idéale, Maria reste la fille de mes rêves. Elle me plaît, et je la désire. Impossible de décider sans elle. M'en expliquer avec Géraldine ? Elle ignore tout de notre relation ! Contrepoids capable de contrecarrer tous ses projets et de m'orienter ailleurs, dans une direction opposée.

Elle a raison, lorsqu'elle s'exclame *Vous êtes à moi !* Oui, sans Maria, je lui appartiendrais totalement. Toutes complémentaires... Émotionnellement, elles pèsent très lourd l'une et l'autre. Différentes, très différentes. Et pourtant, sur le plan émotionnel...

Géraldine me fait connaître des sensations nouvelles. Jusqu'à me mettre dans des états pas possibles. D'ailleurs elle éprouve, à sa manière, les mêmes émotions. Quelque chose de très fort. Amour totalement différent. De l'amour malgré tout. Pleurs, larmes... L'impression de partir à la dérive, de ne plus rien contrôler, de devenir un objet. Besoin, l'un de l'autre pour réaliser cet amour.

Très fort, très violent... Jusqu'à se retrouver enlacés et à verser des larmes. Sensations nouvelles, basées uniquement sur l'amitié. Grande complicité. Engrenage capable de nous entraîner à connaître des plaisirs... Très excitant ! Nous en tremblons, elle et moi.

Maria représente surtout la fille de mes rêves. Maintenant que je la connais, je ne peux rester indifférent. Elles me placent, l'une et l'autre, devant un choix douloureux.

Bientôt, nous arrivons... Oui, maison superbe... Celle de mes rêves ! Évidemment, je comprends Géraldine. Comment ne pas craquer ?

— Alors, qu'en pensez-vous ?

— Très belle...

— Vous verrez, intérieur splendide ! Et confortable... Vous seriez heureux, ici. Et le monsieur se montre d'une grande gentillesse.

Effectivement, quelqu'un de raffiné, de généreux. Prêt, à la céder pour un prix raisonnable. De quoi tomber sous le charme.

— La maison vous plaît !

— Il faudrait être difficile. Oui, la maison de mes rêves...

Après la visite...

— Elle vous plait, pourtant vous hésitez !

Impossible d'évoquer mon amour pour Maria. Vivra-t-on ensemble ? Beaucoup trop tôt pour prendre une décision. Je dois attendre, la situation va s'éclaircir. Il est certain que sans Maria...

En réalité, Géraldine ne partagera jamais ma vie. Elle attendra désespérément la sortie du coma de son ami. Ça peut durer des années. Et s'il vient à s'en sortir — je le souhaite de tout cœur — ils partiront ensemble dans sa région. Jamais elle ne reviendra. S'il meurt, elle restera attachée à lui telle à une icône. Elle l'aime beaucoup trop, d'une manière exclusive, anormale. Très réservée et, en même temps... Quand elle s'éclate, elle s'éclate. Dans la boîte de nuit, n'écrivait-elle pas sur la fesse des hommes *Il est des nôtres !* Non, je ne la comprends pas. Attitude très différente de la mienne. Vraiment très gêné.

Et alors, lorsqu'elle veut quelque chose ! Elle insiste... Je dois absolument visiter cette maison. Pourquoi ? Si encore elle envisageait de venir l'habiter avec nous. Mais non... Elle dit *Je pense souvent à vous !* Je n'en doute pas. Moi aussi, je pense à elle.

Surtout, je lui dois tout. Sans elle, aurais-je rencontré Maria ? Je passe devant la place de ce village pour lui rendre un service : porter des livres chez une amie. Bref, je lui dois beaucoup. Non, jamais je ne l'oublierai...

Et puis, déjà dit, j'éprouve à son contact une sorte de jouissance. Sans la toucher. Étrange, inexplicable. Elle-même, se sent attirée vers moi. Elle s'exclame *Je vous aime !*

Sans Maria... Mais, il y a Maria. J'ai presque envie de dire *Heureusement...* Avec Géraldine, je me sens partir à la dérive, exactement comme si je prenais de la drogue. Et pourtant, je n'en consomme pas. Si elle venait à m'en proposer un jour... Rupture immédiate, définitive, inconditionnelle. Prévenue dès le début. Afin que les choses soient claires. Non, je n'avalerai jamais cette saloperie. Après, impossible de s'en sortir. Commence alors une longue et pénible ascension. Remonter la pente. Et alors, quelle pente ! Continuelles rechutes. Sans jamais voir le bout du tunnel. Non, merci...

Notre relation... Ah, il faut le vivre pour le croire ! Difficile à maîtriser. En réalité, je ne maîtrise pas. On croit toujours... Eh ben, non ! On subit... Marge de manœuvre limitée.

Pour Maria, très différent. Je me retrouve en terrain connu. En réalité, mêmes excitations, mêmes sensations... L'ambiguïté en moins. Couple normal avec Maria. Si un jour nous venions à habiter ensemble, l'amour tous les jours.

Étreintes passionnées... L'impression d'entendre ses gémissements. Tous les soirs. Parfois, dans l'après-midi aussi. Bref, des moments d'amour à n'en plus finir. Je l'embrasserai dans le cou, en passant, pendant qu'elle préparera le repas. Quand je rentrerai du travail, elle se blottira dans mes bras. Impossible de se quitter un seul instant. Elle lancera *Viens avec moi, au pain !* Alors, on ira ensemble en se tenant par la main.

Et puis, on rigolera... On sera heureux. Pour rien... Le seul plaisir de vivre ensemble. Jamais je ne la tromperai. Ou alors, involontairement, avec sa sœur jumelle. Puisque, impossible de les reconnaître. Finalement, en y réfléchissant, vaut mieux. Voilà la vie qui m'attend avec Maria. Une vie heureuse et sans histoire. Très différente de Géraldine !

2. La sainte table

Ah, il faut entendre les convives ! Même ceux installés à la sainte table n'en reviennent pas *Il y en avait une, maintenant deux...* Et alors, les deux mêmes !

Impossible de les différencier. Donc, tous les habitués de la sainte table ne savaient pas. Très surprenant ! Je m'installe face à Maria, à la place restée libre pas loin du mari de Josépha. Tout le monde prend plaisir à les observer. Même coiffure, même robe, même expression du visage... À en attraper le tournis. Je regarde l'une, je regarde l'autre... Exactement les deux mêmes.

Et puis, des réflexions bizarres me traversent l'esprit. La peur de les confondre, de les prendre l'une pour l'autre. Imaginons que Maria me dise *Chéri, je pars chercher du pain. J'en ai pour un quart d'heure !* J'oublie... Je croise sa sœur derrière la maison. Je la prends dans mes bras. Nous nous embrassons tendrement, lorsque brusquement je me souviens *Ah, le con !* Je me dis *Tant pis, puisqu'elle ne dit rien !* Soudain, elle s'exclame *Ben, maintenant, il faut vraiment que j'aille chercher du pain !* Sans compter que Maria pouvait retourner quelques jours à Madrid. Habitant la maison, je serais capable d'oublier — la nuit on n'a pas tout ses esprits — de me tromper. De plus, ayant eu le coup de foudre pour Josépha, elle pourrait tomber dans mes bras.

Ou alors, simple ruse de femmes, se faire passer l'une pour l'autre. Même sous l'œil du mari. Lui-même l'avoue *Impossible de les reconnaître !* Donc, confusion possible. Seul problème, j'en ai une. Pourquoi vouloir l'autre, sa réplique ? À la limite, je pourrais me servir de l'une et de l'autre. Puisque, impossible de les diffé-rencier. Enfin, les proches y parviennent malgré tout. Problème, ils peuvent faire semblant… Quand je dis, à propos du mari qu'*il ne les reconnait pas* ! Évidemment, qu'il les reconnaît… Lorsqu'on vit ensemble. Ou alors, il fait semblant de ne pas les reconnaître ! Encore que dans la pénombre…

Alors, imaginez les quiproquos. On se couche le soir, et la nuit dans les couloirs en nuisette. Très complices des jumelles. La même pensée, au même instant. Pour moi, finalement, ça ne changerait rien. Puisque l'une… Je pensais à tout cela, lorsqu'une j'entends des *Hou, hou ! Hou, hou !*

– Ah, excusez-moi ! J'étais loin, très loin…

– Je vous voyais parti dans vos pensées ! Et ça fait un moment, que je vous observe ! s'exclame ma voisine.

Vrai, je nous imaginais vivant sous le même toit ! Et alors, j'y étais…

Du coup, tout le monde raconte des histoires de jumeaux. Évidemment, le monsieur, excellent conteur, se retrouve à notre table.

Il avait hésité, avant de s'asseoir.

– On peut-on se mettre là, aujourd'hui !

– Quartier libre ! s'exclame le président en ouvrant les bras.

Oui, soirée spéciale… Alors, chamboulement complet. Beaucoup d'absents. Location d'une salle plus petite, et finalement plus conviviale.

– Ah, ça va nous changer ! Et l'on se retrouve presque face à face. Josépha, maintenant Maria… Je reste là à garder les places ! observe mon conteur.

– Oui, garde les places, je vais aux vestiaires ! observe sa femme.

Chercher un punch… Ils préférèrent ne pas quitter leur siège. Obligé de se dévouer, Maria et moi, pour leur offrir un verre.

– On ne bouge plus !

Donc, l'arrivée des jumelles ne passe pas inaperçue — que d'émotions ! — et chacun raconte sa petite histoire. Bientôt, mon conteur observe :

– Ah, ça m'en rappelle une bien bonne !

– Tu veux parler... Je vois à quoi tu penses !

– Un jour, installés dans le même camping, comme tous les ans. Une vraie bande de copains, toujours à rire, à se raconter des bêtises. On buvait l'apéritif ensemble, on jouait aux boules l'après-midi. Bref, toujours les mêmes têtes du matin au soir, et d'une année sur l'autre.

Sa femme, intervient :

– Ça nous a paru drôle !

– Oui, ça nous a paru drôle ! On n'y comprenait même rien du tout. Je poursuis... Les vacanciers, dont la caravane se trouvait près de la nôtre, plient bagages. On les aide à embarquer, on se dit au revoir, on s'embrasse. Et les voilà partis. Deux jours plus tard, la caravane revient...

– Même bonhomme, même caravane, même voiture... Pas la même femme.

– Alors, on se posait des questions. Sans oser rien dire. On s'exclamait *Peut-être une double vie !* Il nous croisait, tête baissée, sans nous regarder. Alors qu'on se tapait habituellement sur l'épaule.

On se tient les mains, Maria et moi. Le constant besoin de se toucher, de se serrer le bout les doigts. Dans ses yeux brillent des mots d'amour. Je lis des *Je t'aime !* Moi aussi, je l'aime. Si jolie... Sourire éclatant, où perce franchise et joie de vivre. Très ouverte, très saine. L'incarnation du bonheur.

Seule ombre au tableau, et de taille, jusqu'à obscurcir tout l'horizon, ma présence. Pourquoi me choisir ? En temps normal, je me sens toujours un peu triste et sombre. Alors, à côté de Maria... Contraste saisissant. En réalité, elle se montre si rayonnante, qu'elle m'éclaire, qu'elle m'éblouit. Soudaine impression de briller, moi-aussi.

Et l'envie de m'exclamer, à chaque instant *Tout ceci n'est qu'un rêve !* Surtout, ne pas trop y croire. Gare à la déception ! Que restera-t-il de son beau sourire, du contact de ses doigts ? Plaisirs d'autant plus doux, qu'éphémères. Non, ce bonheur ne durera pas. Alors, je déguste ces instants, j'en profite. Non, je n'oublie pas. Trois enfants sur les bras ! À moins de les mettre dans une famille d'accueil. Parfois mieux que chez les parents ! D'ailleurs, ma femme est partie... Pourquoi ? Trop malheureuse ! Alors, les filles le seraient-elles aussi ? Je me rends compte de rien. Mais sait-on jamais ! À bien réfléchir, elles seraient sans doute mieux dans une famille d'accueil. Ce sont des gamines, elles ne s'en rendent pas compte qu'elles sont malheureuses. Leur mère, oui. Alors, elle est partie. Impossible de vivre avec moi. Le diable en personne !

Maria, trop bien pour moi... Telle une voiture luxueuse, hors de prix, dont le vendeur me désignerait un à un, tous les gadgets *Ici, bar réfrigéré. Oui, appuyez sur ce bouton... Vous voyez... Ainsi, lors d'une réception...* Un bar dans une voiture ! Il faut appartenir à un certain milieu, gagner un gros salaire.

Moi, je vis seul. Ma seule ambition, m'en sortir. D'ailleurs, je m'en contente. Pas besoin d'une telle voiture. Elle me servirait à quoi ? Immobilisée sur chandelles dans la cour, j'irais l'admirer de temps en temps. Parfois, je prendrais place au volant. Histoire de me donner l'illusion... Puis, je glisserais la main sur les garnitures de bois précieux, j'effleurerais du bout des doigts la douceur des sièges. Non, pas mon genre.

Lorsque Maria connaîtra l'existence des trois filles... Je n'ose pas y penser. Ça rend ces instants de bonheur d'autant plus doux.

– Ça a duré deux jours, cette affaire !

– On n'arrêtait pas d'en parler entre copains. On cherchait un moyen pour l'aborder et lui dire... En fait, on voulait surtout le ménager. Il devait tout de même se sentir mal à l'aise. Imaginez... Retourner à la place qu'il venait de quitter avec, même caravane, même voiture. Tout pareil, sauf femme et enfants.

– Histoire à dormir debout !

– Alors, je vais voir sa femme, histoire de parler. Lui, on ne le voyait pas. Visiblement, il se cachait... Je lui dis *C'est bête, la semaine dernière, quel soleil ! Alors qu'actuellement, ciel gris.* Et tout en parlant, je regardais les cannes à pêches perchées là-haut sur le toit de la caravane. Je me voyais encore les passer, une à une, alors qu'il les installait... Sa femme explique *Mon mari revient d'un déplacement. Très fatigué ! Un chantier à terminer en urgence. Beaucoup d'heures supplémentaires. Alors, il dort !* Ah, je voyais bien la manœuvre ! Il craignait d'affronter nos regards.

– Oui, quelle histoire ! Tout le monde en parlait dans le camping. Pensez-donc...

– C'est vrai... Les gens venaient de l'autre bout du camp pour les observer comme des bêtes curieuses.

– Faut dire, vraiment pas banal ! Venir en vacances quinze jours avec une femme et des gosses. Quitter le camping, et revenir deux jours plus tard avec la même caravane, la même voiture. Autre femme, autres gosses. On ne voit pas ça tous les jours !

– On riait entre nous.

– Surtout à l'apéritif. Il avait toujours sa place à côté de la mienne. Des rigolades à n'en plus finir.

– On se racontait des histoires parfois jusqu'à minuit.

– J'avais envie d'aller le trouver discrètement, pour le prévenir *Aller, fais pas le con ! On ne vendra pas la mèche...* Enfin, il apparaît, le deuxième soir.

– Je le verrai toujours... Sa femme, attablée avec nous. On avait sympathisé comme si de rien n'était. Entre nous, on se disait *Quel faux cul !* Et tout le monde éclatait de rire.

– Oui, vraiment des fous rires.

– Ah, quelle histoire ! Comme je viens de le dire, on venait de partout à travers le camp pour nous regarder rire. Ambiance terrible ! Même après, quand l'affaire fut dévoilée. On continuait à en parler. Tous les jours… Tous les jours… Une vraie partie de rigolade dans le camp. À se rouler parterre.

– La première année qu'on riait autant !

La maman de Maria m'offre son poisson. Puis son médaillon de foie gras.

– Jé né lé pas touché !

J'accepte, bien volontiers. Autant se mettre bien avec la belle-mère. Très important, une belle-mère ! D'ailleurs, elle n'a d'yeux que pour moi. Maria me donne la main. Et tout en écoutant cette étonnante histoire, nous nous serrons le bout des doigts, de temps en temps, en s'adressant de doux sourires. Une manière de se dire *Je t'aime !* Oui, je l'aime… À en oublier Géraldine. Ah, les femmes ! On les aime…

Surtout lorsqu'elles sont jolies. En réalité, elles le sont toutes. Il suffit de savoir les regarder. Une femme amoureuse est toujours désirable. Capter son regard, la voir sourire. Quel bonheur !

Une fois mariée, on découvre l'autre face, celle qu'on ne connaissait pas. Un peu comme une pièce de monnaie qu'on retournerait… Elle peut réserver de drôles de surprises. Et ce qui est vrai pour l'un, l'est aussi pour l'autre. Un jour, on s'entend dire *Je ne te croyais pas comme ça !* Que répondre ? Une banalité *En ce moment, tu deviens drôle !* Oui, une fois marié, on devient drôle…

Jusqu'à finir par ne plus se reconnaître. Alors, commence les reproches, les mots désagréables qu'on se jette à la figure. Évidemment, ça s'arrange sur l'oreiller, comme on dit. Puis un jour… À force de recoller les morceaux. Ça ne tient plus. À peine répare-t-on d'un côté, qu'il faut recommencer de l'autre.

À chaque couple ses problèmes. Pour certains, tout va bien. Toujours d'humeur égale. Jamais un mot plus haut que l'autre. Les années passent... Toujours ensemble, toujours d'accord sur tout. Puis un jour... Il suffit d'une rencontre. Brusquement le regard change. L'autre ne vaut plus rien. Tout juste bon à jeter aux chiens. Et alors, on apprend des choses incroyables. Qu'il était comme ceci, et encore comme cela. Et dire qu'on ne voyait rien. Curieux !

Je demande :
— Comment le pot aux roses fut-il découvert ?
— Bêtement... Un copain... Parce qu'il faut dire que personne n'osait en parler. Quand il s'est présenté à la réception, au camp, le patron l'avait reconnu. Même voiture, même caravane, même nom. Mais en voyant sa femme... Impossible de s'exclamer *Vous voilà de retour !* Obligé de se taire... Ah, quelle histoire !
— Tu peux le dire, quelle histoire !
— Tiens, sers-nous à boire ! Se retrouver à la sainte table m'ouvre l'appétit et ça donne soif. Ah, oui ! Sortie spéciale...
— Ben, ne bois pas trop tout de même !
— On se rattrapera en semaine ! Le soir, une soupe ! Alors, vous me demandez... Bon, à la nôtre ! Regarde les autres là-bas, dans leur coin... Ils tirent une de ces tronches... Ah, ça fait tout de même tout drôle de se retrouver de l'autre côté de la barrière, à la sainte table !

Et nous voilà partis à trinquer.
— Je disais donc, un copain... Ils s'étaient retrouvés, seuls, tous les deux. Alors, il était là, à s'interroger, à se dire *J'y dis ! J'y dis pas !* Et brusquement, c'est parti... Il a fallu qu'il lui en parle *Dis-donc, tu mènes une double vie ! Tu viens passer quinze jours avec femme et enfants. Puis, tu reviens quelques jours plus tard avec une autre famille... Même caravane, même voiture !* Alors, l'autre répond le plus naturellement du monde *Mon frère jumeau !* Ah, quelle partie de rigolade !
— Imaginez l'ambiance !
— Du coup, on a tous trinqué.

– Moi, je ne savais pas que Josépha avait une sœur jumelle. Surprise de la soirée ! Et d'après ce que j'entends autour de moi, très peu le savait !

Soudain, il se penche vers moi pour observer :
– J'vais p'ête dire une bêtise mais, faudra pas vous tromper ! Ah, quelle histoire encore ! Pareil que les courses cyclistes ! Je me souviens d'un coureur, toujours le même, qui gagnait. Jusqu'au jour où on découvre qu'il avait un frère jumeau. L'un commençait la course. L'autre la terminait. Ils remportaient tous les prix. Ça a même fait du bruit !

Soudain, mon conteur engage la conversation sur le problème des papiers peints. Son interlocuteur, le président, s'exclame :
– Chez nous, tous décollés dans la chambre. Obligé de les retirer un par un, de les répertorier, de les encoller avec une colle forte, spéciale.
– Ça, c'est la chaleur ! Mes voisins ont connu le même problème...
– Et tu sais que ça représente du travail ! Les reprendre tous, un par un. Les décollés... Les moitiés de décollés. On n'en voyait pas le bout. Parfois, on se grattait la tête. C'est qu'un lé décollé, c'est tout ridé, c'est laid.
– Remis en place, on ne voit plus rien.
– Rien du tout !
– Ch'sais... Mon voisin, c'est pareil.

Maria se tient face à moi, visiblement heureuse. Nous n'avons cessé de rire en écoutant toutes ces histoires. Et sans doute en a-t-elle, elle-même de son côté, de bien bonnes à raconter.

Je regarde l'une, je regarde l'autre. Impossible de les différencier. Parfois, l'on croit. Puis l'instant suivant, on ne croit plus. La curieuse sensation de les aimer toutes les deux.

Si l'une ne m'aime plus, l'autre... Bon, il ne faut pas trop rêver. Elles se donneront le mot.

Et puis, des idées toutes plus saugrenues les unes que les autres, me traversent l'esprit. Je me dis *Si l'une meurt, écrasée par une voiture !* Qui sera la morte ? Qui sera la survivante ? Comment établir leur identité ? À partir de tests ADN. Impossible, puisque issues d'une même cellule.

Finalement, la survivante peut choisir d'être la femme de l'un, ou de l'autre. Imaginons qu'elle se taise, qu'elle ne veuille pas révéler sa véritable identité ! Les maris seraient là, à attendre... Chacun voudrait... Belles disputes en perspectives *Je te dis que c'est la mienne !* À quoi l'autre répondrait *Et moi, j'affirme le contraire !*

Poussons la bêtise un peu plus loin. Supposons que la survivante me choisisse. La Mama ne manquerait pas de dire à son gendre *Toi, plou rien à faire ici ! Toi, partir maintenant...* Et alors, ça doit être terrible, une Espagnole en colère. Ça doit en pousser des cris. Elles ont le verbe haut, très haut.

Obligé de partir le malheureux. Je le vois déjà, la valise à la main, ouvrir la porte de la rue. Puis, revenir lancer quelques insultes. Tragique, et disons-le, comique. D'où l'expression *Tragicomique.* Du vrai spectacle, du grand spectacle. Finalement, je me retrouverais à sa place, avec une jumelle à consoler. Beaucoup de larmes à essuyer le soir.

Puis, un jour, prise de remords sans doute, voilà qu'elle veut m'ouvrir son cœur, me parler, me révéler sa véritable identité. Alors, qui est-elle exactement ? *Je suis...* Je pose mon index sur sa bouche *Non, ne dis rien, ma chérie. Tu es Maria, mon amour. Celle que j'aimerais toujours. Si tu savais combien je t'aime. Depuis le premier jour, depuis la première fois que je t'ai vue...*

On va me dire, vous voyez loin... Oui, je vois loin. Depuis la rencontre des jumelles. Faut comprendre. Ça ouvre des horizons...

Évidemment, j'invente... En principe, une mère les reconnait à certains détails. Sous le choc, malgré tout ! Elle peut perdre ses repères.

D'ailleurs, l'histoire peut prendre une autre tournure et finir moins tragiquement. Possibilités immenses, infinies...

Josépha peut soudain se lasser de son mari. Les femmes... Difficile à cerner, surtout des jumelles. Très complices... L'une peut dire à l'autre *Et alors, le tien, c'est comment ?* Et l'autre de répondre *Essaie-le...* Alors, la nuit, discrètement elles échangent leur place. Ni vu, ni connu.

Le lendemain *Ah, tu as raison. C'est tout de même autre chose !* De fil en aiguille, la tension monte. Là encore, obligé de partir le malheureux. Et la Mama de s'exclamer *Dé touté lé façons, il né fésé rien à la méson ! Uné fénéante.*

Ça doit être comme ça les Espagnoles ! Tant que vous plaisez, vous plaisez, mais après... Ah, je le vois très bien avec sa valise s'exclamant *Et qui a clôturé ? Qui a creusé jusqu'à deux mètres de profondeur pour enterrer les piliers ?* Non, rien à faire. La porte... *Tou né fésé pas grand chose !* Ah, je le vois partir les larmes aux yeux ! Quand on ne plaît plus, on ne plaît plus...

Finalement, cette alternative me convient mieux. D'une part, elle préserve une vie. Jamais drôle, un enterrement. D'autre part, je me retrouve avec deux femmes à la maison. Le bonheur... Un vrai coq en pâte. Le paradis sur terre...

Ça doit exister de telles histoires. Tout existe... Même des femmes qui ne veulent pas *Non, laisse-moi tranquille !* Tous les soirs, même refrain pendant des mois et des mois. Y'en a, c'est deux fois par semaines. D'autres, deux fois par mois. D'autres encore, tous les dix-huit mois. Ceux-là doivent être malheureux ! Avoir une femme dans son lit et ne pas pouvoir s'en servir ! Ça existe, sûr que ça existe... Ah, si les gens portaient des étiquettes dans le dos, on aurait de belles surprises ! Et des jambes cassées. Oui, les gens en tomberaient de haut, de très haut.

En attendant, nous nous aimons... Mieux vaut ne pas penser à l'avenir. Surtout que les histoires d'amour finissent, paraît-il, toujours mal. En général... Même lorsqu'on reste ensemble jusqu'au bout, il arrive toujours un moment où l'un des deux se penche, une rose à la main, au bord de la fosse. Dernier regard sur le cercueil, des larmes plein les yeux. Ensuite, faut continuer seul. Continuer à sourire aux uns et aux autres. Continuer à faire semblant...

Soudain, j'ignore pourquoi, chacun se lève la coupe de champagne à la main comme si nous étions le 1ᵉʳ de l'an. Et voilà qu'on s'embrasse les uns et les autre. Il faut y croire, là aussi. Tromper la réalité, faire semblant... Toujours garder la face. Tels les naufragés du Titanic.

Alors on rit, on lève à nouveau nos coupes. Je regarde l'une, je regarde l'autre... Elles me tendent leur coupe en riant. Difficile de les reconnaître. Nul doute, qu'elles en jouent... Curieuse sensation, celle de les aimer toutes les deux.

Très bon orchestre ! Trompette, percussions... Et cette chanson émouvante de Michel Sardou *Je vais t'aimer...* Vraiment de circonstance ! Oui, je vais t'aimer... Nul doute, qu'on finira nos jours ensemble. Cette chanson, me rappelle une fille de St Nazaire. Été très chaud, une plage... Quelle chaleur ! Alors, je m'installe à la terrasse d'un café. Lorsque se présente une fille superbe. Très vite, un dialogue se noue. Encore une histoire d'amour !

3. Le psy

Pas facile à raconter ! Géraldine, Josépha, Maria, Claudia, Cathy...

– Cette semaine... Je ne sais par où commencer !

– Vous n'êtes pas obligé de suivre un ordre logique. Il vous suffit de parler, de dire tout ce qui vous passe par la tête. À quoi pensez-vous, en ce moment ?

– La visite d'une maison... Géraldine m'a trouvé une maison. Parfois, je lui parlais de la maison de mes rêves. Surtout, ne pas rester en location. Tous les mois on donne de l'argent... Pour rien.

– Vous voulez dire *À fonds perdus !*

– Voilà, à fonds perdus. Alors, je lui parle de ce projet. Lorsqu'elle entend parler d'une maison à vendre, qu'elle visite avant de m'en parler. Finalement, elle tient absolument à me la présenter. Moi, je ne voulais pas.

– Pourquoi ?

– À cause de Maria !

– C'est qui, Maria ?

– La sœur de Josépha... Oui, compliqué ! Josépha et Maria sont jumelles. Et... Je ne sais plus où j'en suis...

– Pourtant, la fois précédente, vous affirmiez aimer Josépha.

– Je confondais Josépha et Maria.

Pas facile à démêler. Surtout des jumelles ! J'aime l'une, j'aime l'autre... Moi-même, je ne m'y retrouve plus. Les voir ensemble me donne le tournis. Sorte de confusion où la réalité prend d'étranges couleurs. Parfois, je m'interroge *N'aurais-tu pas bu un coup de trop* !

– En définitive, vous aimez Josépha ou Maria ?

– Les deux... Enfin, non... Maria...

– Vous vous êtes rencontrés comment ?

– Avec Josépha ?

– Non, avec Maria. C'est Maria que vous aimez !

– Oui, c'est Maria... Difficile de répondre. Je ne l'ai jamais rencontrée. J'embrassais Josépha, alors qu'il s'agissait de Maria. Je ne la connaissais pas, moi, Maria.

– Pourtant, vous l'aviez déjà vu !

– Puisque je l'embrassais. Je viens de le dire... Je me croyais avec Josépha, alors que je dansais avec Maria. Oui, des jumelles...

Faut comprendre le problème. Je me croyais avec l'une, j'étais avec l'autre. J'en aimais une, alors qu'en réalité j'aimais l'autre. Et Josépha, pour couronner le tout, elle le reconnaît elle-même, m'avait fait *un brin de cour*. De quoi s'y perdre.

– Essayons de résumer. La première rencontre...

– J'entre dans un bal... Je danse avec Josépha. En fait, je pensais toujours être avec Josépha alors que, parfois, je me retrouvais en compagnie de Maria. C'est pourquoi je ne comprenais pas... Le mari de Josépha ne disait rien. Il approuvait notre relation.

– Pourquoi ?

– Parce que Josépha me courtisait pour sa sœur. Je lui plaisais, alors j'allais forcément plaire à sa sœur. Voilà... Oui, compliqué !

– Donc Josépha étant mariée, vous avez une relation amoureuse avec sa sœur jumelle Maria.

– Exactement, oui... Enfin non. Avec Josépha... Elle le reconnait elle-même *Je vous ai fait un brin de cour.* Elle pensait à sa sœur, à Maria.

– Ainsi, vous ne voulez pas visiter cette maison, à cause de Maria. Pourquoi ?

– Parce que j'ignore encore la tournure des événements. Impossible de prendre une décision pour le moment.

– Géraldine, souhaite vous voir acheter la maison de vos rêves. Pourquoi de vos rêves ?

– Je lui parle de cette maison, de mes rêves. Alors, elle dit *Puisque vous avez l'argent, faites-vous plaisir !*

– La banque vous prête l'argent !

– Non, les entités. Je demande… Permission aussitôt accordée. Et puis, la pierre... De l'argent bien placé. Disons, qu'on y gagne tous.

Il ne répond pas. Il doit se dire *Il sait mener sa barque, celui-là !* En réalité, je me démène pour le bien de tous. Pas facile avec trois enfants sur les bras. On ne me fait pas de cadeau !

Curieux, dès que je parle de l'argent des entités, il semble mécontent. Peut-être jaloux ! Il doit se dire *Je pouvais prendre plus cher !* Cette question doit lui revenir constamment à l'esprit. De quoi en perdre le sommeil...

Moi, à l'époque, j'ignorais tout de l'existence des entités. Que suis-je ? Uniquement leur trésorier. Un parmi d'autres. Enfin, suis-je le seul sur terre à bénéficier de ce privilège ! Que font les médiums ? Sinon collecter de l'argent qu'ils gardent peut-être pour eux. Quoiqu'il en soit, il ne le digère pas. Il doit se dire *J'ai fait de longues études jusqu'à trente ans et plus. Et lui, en quelques jours, il touche la pincée. Pas normal !* Les psys en veulent toujours plus. Faut dire qu'il y a pour de l'argent. Est-ce ma faute ? Je ne demandais rien. Les gens me suppliaient *Prenez, ils en ont plus besoin que nous !* Difficile, de ne pas aider son prochain dans la misère !

– Géraldine insiste pour que vous achetiez cette maison ! Pourquoi à votre avis ?

– Toute une comédie, véritable pantomime. Pourquoi ? Je ne sais pas ! Malgré tout...

– Vous pensez à une entente possible avec le propriétaire ?

Je n'y pensais pas. Mais maintenant qu'il le dit, pourquoi pas ! On voit que les psys ont de l'instruction et qu'ils s'y connaissent dans les affaires tordues. Cette question ne me serait jamais venue à l'esprit.

– Que lui a-t-elle dit ? À votre avis...

– Je ne sais pas. Qu'elle me trouvait peu intéressé pour l'achat de cette maison. Qu'il fallait me ménager. Voilà, oui... J'ai pensé ça *Me ménager.*

– Ne pas vous brusquer. Vous pensez qu'elle pourrait tirer matériellement parti de l'achat de cette maison ? Possible dessous de table !

– Géraldine ! Non, incapable de commettre une malhonnêteté. Je suis catégorique *Non !*

– Alors, pourquoi ?

– Je ne sais pas... Je me souviens d'un rêve... Je dois le raconter ?

– Allez-y...

– Présence d'un château imprenable. Véritable citadelle où des guerriers circulent partout en armes, autour du pont-levis, en haut des tours d'observation. Seule faille, une entrée étroite et particulièrement surveillée. Le prince des lieux aime les femmes. Alors, quelquefois le soir, il sort du château pour retrouver sa dernière conquête qui habite le village voisin. Évidemment, il se fait prendre. On lui attache les mains derrière le dos. Puis, condamné à être décapité, le voilà à genoux. Un soldat lève son sabre, sa tête roule dans l'herbe.

– Qu'avez-vous éprouvé ?

– Un immense soulagement. Puis, je me rends compte qu'une femme m'observe en souriant un peu plus loin. Je m'approche, on s'enlace... Enfin, nous montons jusqu'au sommet d'une colline d'où nous dominons toute la vallée. Elle se blottie contre moi et murmure *Enfin, nous allons pourvoir être heureux !*

— Qu'avez-vous ressenti ?

— Encore une fois, beaucoup de bonheur. Elle aussi... Plaisir partagé.

Je l'entends remuer sur son siège. Comme s'il se redressait pour intervenir. Peut-être a-t-il tout simplement terminé un travail, car j'entends souvent une plume gratter le papier. Au début, je pensais qu'il prenait des notes. Puis, j'ai réalisé qu'il devait répondre à du courrier.

Rien ne l'empêche de lire et d'écrire. Histoire de ne pas perdre son temps. Pas gênant, au contraire... Ça me permet de parler plus librement. N'empêche, qu'il cumule deux emplois. Double salaires... En y réfléchissant, je ne devrais payer qu'une fois sur deux. Et puis, pendant que je lui raconte mes âneries, il peut lire un livre. D'ailleurs, de temps en temps, il m'oblige à répéter *Vous disiez...*

Donc, il se redresse, comme si le sujet lui paraissait suffisamment intéressant pour intervenir.

— Qui est cette femme ?

— Géraldine, je pense. La décapitation du prince la soulage. Surtout, elle me regarde en souriant. Puis, nous montons sur la colline où elle murmure *Enfin, nous allons pourvoir être heureux !*

— Pourquoi, à votre avis ?

— Le prince représentait un obstacle à notre bonheur. Curieusement, lorsque sa tête roule dans l'herbe, j'éprouve beaucoup de plaisir. Je me dis *Enfin...*

— Quels sont vos rapports avec Géraldine, en ce moment ?

— Bon...

— Toujours ambigus ?

— Ambigus, je ne sais pas. C'est avant tout une femme...

— Elle vous interdit pourtant de la toucher.

– Elle tient à rester fidèle à son ami. Donc, elle ne peut pas.

Je l'entends bouger sur son siège, comme si... Quelque chose dans mes propos le dérange. Il y a donc, pour lui, dans son esprit, un problème qui m'échappe. Reste à me mettre sur la piste. Et à trouver la bonne ouverture.

– Son ami, vous le connaissez ?

– Non, elle se montre très discrète sur le sujet. Jamais elle ne m'en parle. Je sais seulement qu'il se trouve actuellement dans le coma à l'hôpital. J'ignore où... Je ne sais même pas de quel hôpital il s'agit. Elle ne veut rien dire. Visiblement, elle en souffre.

– Qu'éprouvez-vous ?

– De l'angoisse...

Oui, profond malaise... Cette histoire de château, sa réaction, sa manière d'intervenir comme s'il voyait un problème. Et puis, la décapitation du prince. Bouleversant ! Même si elle se révélait nécessaire. Difficile d'agir autrement !

– Parlons du prince... Que savez-vous de lui ?

– Rien... Qu'il aime les femmes. Et puis, à voir le château ! Quelqu'un d'austère, de rigide, d'impénétrable. La seule vision du château me donne ces impressions.

– Allez-y, continuez...

– Quelqu'un de fermé. Peut-être, un homme bon, malgré tout...

– Pourquoi ?

– Toute une stratégie axée sur la défense. On voyait des soldats en armes partout. En fin de compte, je pense qu'il était assez seul et très malheureux.

– Pourtant, il aime les femmes !

– Je le voyais courir dans les fourrés pour rejoindre sa bien-aimée lorsqu'il se fait prendre.

Vrai, qu'il courait... Je le vois encore sauter à travers les grandes herbes. Plus loin, s'élevaient quelques arbres d'un sous-bois où ses ennemis devaient l'attendre. Évidemment, sans arme, sans garde, aucune chance de s'en sortir.

– Donc, sa bien-aimée habite à l'extérieur du château. Pourquoi à votre avis !

Pourquoi elle habite à l'extérieur du château ? J'en sais rien !

– Je pense qu'au château, il ne manquait probablement pas de belles filles. Non, il s'aventure à l'extérieur. Très risqué !

– Donc, Géraldine éprouve du plaisir lorsque le sabre du soldat lui tranche le cou !

– Je surprends son regard. Elle me sourit, visiblement satisfaite. Comme si nous étions complices. On va pouvoir s'aimer.

Silence... Il ne dit plus rien. Je pense qu'il est encore temps d'aborder un autre sujet.

– Heureusement, qu'il y a Claudia...

Oui, j'oriente la conversation sur le sujet car, visiblement, il l'apprécie. Elle s'occupe des enfants, toujours disponible, jamais la moindre question. Pour elle, je suis le maître de maison. Moi, qui considère la femme comme l'égale de l'homme. Ni plus, ni moins... Ça me fait drôle.

Parfois, je lui dis *Ça te plairait si...* Elle répond *Et toi...* Voilà, je passe toujours avant... Elle me donne l'impression… Toujours indécise. Pourquoi ? Parce qu'elle n'a pas de chance, parce que les autres réussissent… Pas elle. Elle préfère laisser l'initiative à l'autre. Ne serait-ce que pour choisir, lors d'une tombola, un de ces petits papiers enroulés et entourés d'un anneau que l'on trouve dans les loteries sur les fêtes foraines. Pourquoi ? Parce qu'elle n'a pas la main heureuse. Voilà...

Moi, jamais je ne joue. Et les rares fois que je joue, je gagne. Il m'arrive même de gagner sans jouer. Si, c'est vrai. Un jour, je buvais une bière dans un café. Jamais je ne bois de bière. Mais ce jour là, la chaleur. Alors, une bonne bière ! Lorsque je vois un client jouer à ces jeux où l'on gratte sur un carton. Soudain, puisque nous étions seuls, avec le patron, je lui demande comment il s'y prend pour choisir les cases à gratter. Il demande *Vous voulez jouer ?* Je m'exclame *Non, je ne joue jamais.* Pourquoi ? Quelle question ! Parce qu'on ne gagne pas. La preuve, il perdait… Et puis, si je venais à gagner le gros lot, à supposer, on n'irait plus aux pommes avec les filles !

Soudain, il se tourne vers moi en me montrant sa carte. *Quelles cases gratteriez-vous à ma place ?* D'abord, je ne veux pas. Mais puisqu'il insiste. Rien à débourser, rien à gagner. Je me prête au jeu. Et là, surprise, il gagne ! Inutile de dire son émotion… Jusqu'à vouloir me récompenser. J'ai refusé. Non, je ne veux pas jouer. Qu'a-t-il gagné. Une somme convenable de quoi s'acheter… Que je réfléchisse ! Une mobylette. Non, moins... Un peu moins qu'une mobylette. Voilà, oui !

Pareil au lit... Avec Claudia, je prends mon plaisir quand je veux. Pourtant, nous pourrions y arrivés ensemble. Non... À ses yeux, je compte pour deux. Elle n'existe pas. C'est vrai, je la trouve parfaite.
C'est-à-dire, qu'elle cherche à bien faire. Elle craint les reproches. Ainsi, quand elle repasse, je ne l'entends pas. Elle travaille... Surtout, elle ne prend pas cher. Vraiment toutes les qualités. Évidemment, je réalise de sérieuses économies. Et en plus, je le répète, c'est quand je veux... Curieusement, depuis qu'on a compté ensemble l'argent récolté lors de la séance des médiums, elle prend encore moins cher. Bientôt, elle travaillerait pour rien. Pourquoi prendre moins ? Je me suis posé la question. Sans trouver la réponse. Ou alors, plus on a d'argent, plus on gagne, moins on paie. Quand un personnage important rentre dans un restaurant, le patron se montre soudain généreux. C'est tout juste s'il fait payer !

En ce moment, c'est souvent... Entre l'une, pucelle, et l'autre qui ne veut pas *Oh non, pas ça !* C'est elle qui prend. D'autant qu'elles m'excitent toutes les deux ! Enfin, elle ne s'en plaint pas…

Pour Maria, je comprends. La tradition d'arriver pucelle au mariage. Mais Géraldine… Comme l'observe le psy, c'est ambigu. Oui, pourquoi ne veut-elle pas ?

Le psy a vite compris qu'il y avait anguille sous roche. Pas bête un psy. Lorsqu'on parle, paraît-il, ils savent tout, tout, tout, de ce que l'on sait, et même de ce que l'on ne sait pas. Heureusement, qu'ils ne disent rien. Sinon, on serait surpris du résultat. Non, ils ne peuvent rien dire. C'est-à-dire qu'on leur dit des choses à travers un langage codé. Et eux seuls, savent le décoder. Ils sont forts tout de même !

Quoiqu'il en soit, il apprécie Claudia. Il voit en elle une fille sérieuse. Même que j'en abuse. Oui, il faut dire le mot. Surtout en ce moment ! La pauvre fille…

– Elle vous apporte quoi ?

– Tout… Elle s'occupe des enfants, de la maison. Elle repasse… Et elle ne prend pas cher. En fait, elle ne me prend rien.

– Elle ne compte pas ses heures ?

– Non…

Je l'entends encore remuer son fauteuil. Il doit répéter *Vraiment, il fallait prendre plus cher !* Faut pas croire, près de leurs sous des psys. Plus on gagne, plus ils prennent cher. J'allais dire *Plus on gagne, plus on en veut !* Ça, c'est vrai aussi… Ah, ils sont malins !

– Et puis, nous faisons l'amour.

– Comment cela se passe-t-il ?

– Bien… Disons, qu'en ce moment, très excité. Entre l'une qui est pucelle et l'autre qui dit *Oh non, pas ça !* Claudia ne dit jamais non. Et puis, sa soumission m'excite, elle-aussi.

– En somme, elles vous excitent toutes les trois !

Il dit ça sur un ton ! Est-ce un reproche ? Je ne sais pas…

– Absolument, oui. Il n'y a qu'avec Claudia que je me soulage. Et encore...

– Que voulez-vous dire ?

– J'ai envie tout le temps. Ça n'arrête pas...

En plus, c'est vrai. Je la prends par la main pour l'emmener dans la chambre. Là, au pied du lit, elle retire corsage, jupe. Elle attrape la serviette. Puis, d'un bond, elle se retrouve en éclatant de rire sur le dos au milieu du lit. Parfois, je la retiens... L'instant de l'embrasser.

Sans elle, la vie serait presque triste.

– Vous avez souvent connu une telle activité sexuelle ?

– Souvent, pas tout le temps.

Les périodes de repos permettent de tenir le coup. Souvent...En ce moment, c'est le mot qui convient. La nature... Les jumelles sont si belles ! Vraiment tout ce que j'aime... Et puis, si spontanées. Par exemple, la première fois, lorsque Josépha m'a prise par la main pour m'emmener au milieu des danseurs. Moi, j'aime ça ! Elle est tout ce que je ne suis pas.

Elle m'a expliqué, après coup *C'était pour ma sœur. Je la savais malheureuse ! Pour moi, je n'aurais jamais osé vous aborder avec une telle légèreté. Vous me pardonnez !* Je la prends dans mes bras, je cherche ses lèvres. Elle se dégage doucement. Brusquement, je réalise que c'est Josépha *Excusez-moi !* Elle répond *Ce n'est rien, ma sœur et moi, c'est un peu la même chose !* Puis, elle se sauve. J'en reste les bras ballants. Je me suis dit *Donc, elle ne dirait pas non !*

Du coup ça m'en ferait une de plus. Là, le psy n'y comprendrait plus rien du tout. Déjà qu'il a du mal à s'y retrouver. On a beau avoir fait des études, un tel écheveau ne se démêle pas facilement !

Cathy, encore différent. Souvent je me demande *A-t-elle déjà connu une aventure ?* Peut-être pas ! Non, je ne crois pas. Quand je pense à elle, je ne peux m'empêcher de sourire à observer sa silhouette. Toujours une vieille gabardine sur le dos qui lui descend à mi-mollet, son grand sac noir, comme il en existait autrefois. Sans doute les affaires récupérées de sa maman.

Seul problème, elle parle toujours des entités ou, plus exactement, des médiums qu'elle fréquente assidument. D'ailleurs, elle vient de gravir un échelon dans cette discipline. Maintenant la voilà capable de parler à… J'allais dire, aux entités. Pas compris. Univers mystérieux, incompréhensible.

Elle observe *Vous vous souvenez du médium, de...* Je réponds *Non.* Avant d'expliquer *J'ai une bonne mémoire. Quoiqu'il en soit, parti exercer aux États-Unis.* Elle m'en dira plus, lorsqu'on se retrouvera au restaurant chinois, comme la fois dernière. Surtout prendre des notes. J'ignore pourquoi, je ne retiens rien de ses explications. Univers tellement différent du mien. Seul problème, comme je l'observais plus haut, le sujet des conversations : entités, médiums, voyages qu'ils font ensemble sur les sites religieux, Jérusalem, et ailleurs. Non, je ne retiens rien, je ne comprends pas. Oui, je prendrais des notes. Le médium dont elle parle doit être connu ! Je demanderai son nom et je reviendrai sur le sujet lorsqu'on se retrouvera. Quand ? Je ne sais pas ! Surtout, n'émettre aucune critique. Il faut respecter les autres. Même si on ne partage pas leurs idées.

Ah oui, j'oubliais, Cathy m'a raconté… La médium n'exerce plus dans cette salle. Choqués par son comportement vis-à-vis de moi, les clients désertaient la salle. Elle opère ailleurs, dans un autre centre. Donc, je pourrais y retourner et retrouver toutes les personnes présentes dans la salle. Car elles restent, j'imagine, toujours bien présentes. Évidemment, si je venais à y retourner, ils me demanderaient des nouvelles de l'entité, celle qui me rend visite. Eh oui ! Ce genre d'histoires tisse des liens.

Évidemment, elle m'a parlé de l'argent récolté lors des séances.

Je n'en parlais pas, j'allais à l'essentiel. Mais toujours bien présente lors de ces séances. Elle s'exclame au téléphone… *Qu'allez-vous faire de cet argent !* Je lui parle d'acheter une maison. *Pourquoi faire ?* Pour elle, l'argent ne représente aucune valeur. Surtout, ne rien garder. Donner aux pauvres. Elle versait de l'argent à une association. Or, voilà qu'elle a changé pour une autre. Très généreuse. D'ailleurs, déjà à l'époque où l'on s'est rencontré, elle se rendait tous les soirs à une association : maraudes pour venir en aide aux nécessiteux. Jusqu'à une, à deux heures du matin.

Mais bon, on ne vivra jamais ensemble ! Trop impliquée dans ses histoires de médiums. Quoiqu'il en soit, j'aime beaucoup Cathy. Une amie… Je viens d'y penser *Et si je lui demandais de participer à une de ces maraudes !* Quelle expérience encore !

4. En forêt (Maria)

Traumatisée suite à son mariage, Josépha m'a recommandé, discrètement, de m'occuper de sa sœur. Il faut, m'a-elle expliqué, évacuer cette expérience douloureuse par une relation normale. Tous les hommes ne sont pas homosexuels !

Pourquoi me choisir pour cette mission ? Réponse : parce que je regarde les femmes avec gourmandise. Impossible de nier. D'ailleurs, je m'en rends compte. Enfin, j'ai compris qu'il ne fallait pas ménager mes efforts. Aller jusqu'au bout ! Vu les circonstances et le traumatisme subit... Bref, mission urgente à mener tambour battant avec beaucoup de doigté. Je demande *Où aller ?* Elle répond *En forêt...*

C'est vrai, nous traversons une forêt suffisamment vaste et dense pour y dénicher un coin tranquille. Lorsqu'il faut, il faut. D'ailleurs, je parle de Josépha, elle ne riait pas du tout. Un traumatisme peut laisser des traces pour la vie. Impossible de s'en débarrasser. Heureusement, comme elle l'observe *Elle s'attache à vous !* Obligé de se sacrifier.

Donc, nous roulons actuellement en forêt. Là aussi, je tremble un peu. Préparée psychologiquement ? Une nécessité, dans sa situation. Les observations de mon copain me reviennent continuellement à l'esprit *Il faut ! Il faut !* Oui, là, vraiment il faut. Un coup à devenir frigide... Autre conseil possible de sa sœur *Et s'il te caresse, laisse-toi faire. Tu en as grand besoin* !

Toutes ces réflexions me viennent à l'esprit pendant que nous roulons à travers cette forêt. Évidemment, nous ne manquons pas de rire, de nous tenir la main. Comme des amoureux... Du coup, je me demande *Et s'il fallait aller au delà !* Moi, je ne demande qu'à la respecter, qu'à ne rien tenter. Tellement habitué avec Géraldine ! En cas de force majeure, pourtant ! Qui sait si, médicalement... La question me contrarie...

La Mama nous a préparé casse-croûte boissons. De quoi nous restaurer. On dit *vivre d'amour et d'eau fraîche.* Ce n'est pas vrai. Ça creuse...

— Heureusement qu'il ne fait pas froid. Maman me dit qu'un grand bol d'air me fera le plus grand bien. On fera une course. Vous courez vite !

— Avant oui, comme un lapin. Aujourd'hui, je ne sais pas. Surtout, ne pas se perdre...

Oui, je pense encore à Géraldine. Trois heures à tourner en rond dans Paris. Alors que j'avais une place près d'elle dans un lit tout chaud. De quoi rester traumatisé à vie ! Depuis, je ne cesse de me répéter *Quel con ! Quel con !* Trop tard... Comme quoi un moment d'inattention peut avoir des conséquences insoupçonnées. Et puis, je ne me vois pas retourner chez elle en déclarant *Je ne la retrouve plus !* Obligé d'organiser une battue en forêt... Là aussi *Quel con !*

— Vous craignez qu'on se perde !

— On ne sait jamais. Et puis, il peut y avoir des gens mal intentionnés. Non, vous resterez près de moi. J'y tiens...

J'en ai tout de même la responsabilité. Et puis, jolie comme elle est, elle peut se faire enlever. Une telle fille ne passe pas inaperçue. Dans un bar, ça peut rapporter une fortune. Alors, méfiance !

Nous avons couru et attrapé chaud. Temps superbe, endroit discret pour garer la voiture. Oui, vraiment très bien. Et puis, détendus. Parfaitement à l'aise.

– Ma sœur vous a parlé ?

Oh là, attention ! Je ne dois pas mentir, tout en me gardant de dire la vérité toute entière.

– Oui, c'est vrai...

– Et que vous a-t-elle dit ?

– Que vous aviez subi un choc terrible. Qu'il ne fallait pas rester sur un échec. Tous les hommes ne sont pas comme ça. Moi, je vous aime. En réalité...

– Que voulez-vous dire ?

– Vous représentez mon idéal de femme. Rien qu'à vous apercevoir la première fois, j'ai senti mon cœur battre.

Elle éclate de rire en s'exclamant :

– Heureusement, qu'il bat !

– Sans doute, mais habituellement on ne le sent pas.

Elle s'approche de moi, m'enlace, avant d'observer :

– Qu'a-t-elle dit encore ?

Oui, elle veut savoir. Et moi, je ne peux rien dire. Sinon, à mots couverts.

Toutes les mêmes... Et difficile de résister, pour nous les hommes. Elles se montrent soudain si câlines, si désirables. Pour mieux nous piéger. La technique fonctionne depuis la nuit des temps. Alors, attention...

– Que... Que vous deviez retrouver l'amour au plus vite. Elle a même ajouté *Vous, au moins, vous l'aimez !*

– Moi, j'ai l'impression qu'on nous envoie en forêt pour autre chose...

– Prendre l'air fait du bien. Et puis, se promener en amoureux... S'il faut attendre le repas à la sainte table, pour se rencontrer ! Votre sœur pense à vous. À mon avis, elle n'a pas tort. Un tel traumatisme laisse des traces. Vous restez fragile. Même si vous ne le percevez pas. Vous devez vous laissez aller...

On pourrait penser *le beau rôle...* En réalité, choisissons-nous notre destin ? Les circonstances nous entraînent, Maria et moi, comme des pantins dans la même spirale. Ainsi, nous réagissons les uns par rapport aux autres sans trop savoir pourquoi ! Certains évoquent le hasard. Pour d'autres... En réalité, nous ne savons pas. Quoiqu'il en soit, qui m'a invité à emmener Maria en forêt ? Sinon sa sœur, Josépha...

Oui, à bien réfléchir, qu'une victime. Obligé de réparer les dégâts. Vraiment quel sabotage ! Faut pas croire, marge de manœuvre étroite. Pas le droit à l'erreur. D'où une certaine tension. Non, pas tranquille. Grosse responsabilité sur les épaules. Et puis, il se peut que le traumatisme ne disparaisse pas comme ça, sans une psychothérapie, ou une psychanalyse. Enfin, puisque le conseil vient d'un psychiatre !

— Vous n'allez pas me violer.

— Pas sans votre consentement, dis-je en riant.

Puis, l'on s'embrasse. Un long baiser d'amour.

— Ma sœur est stupide. Elle s'inquiète inutilement. Je n'ai rien...

— Tous ceux qui ont subi un tel traumatisme raisonnent ainsi. Puis, les images reviennent et avec elles, la peur. Vous vous croyez guérie, vous ne l'êtes pas. Oui, vous devez réapprendre à aimer.

— Alors, aimez-moi ! s'exclame-t-elle en éclatant de rire et en se blottissant dans mes bras.

Dieu, qu'elle est jolie ! Et lorsqu'elle rit... Le paradis sur terre. Dire qu'il me faut lui réapprendre à aimer. Quelle pitié ! Il y a vraiment des imbéciles sur terre. Le mot n'est pas trop fort. À sa place...

— Je vous vois sourire ! s'exclame-t-elle.

— Je songeais à notre première rencontre. Et dire qu'aujourd'hui, vous vous tenez près de moi.

— Vous ne le regrettez pas !

— Pas du tout. Pour moi, il s'agit surtout d'un rêve. Venez, allons dans la voiture !

Oui, il fait froid dès qu'on s'arrête de bouger. Heureusement, un rayon de soleil couvre le toit de la voiture. On va être bien.

– Alors, comment vous sentez-vous ?

– Merveilleusement à l'aise... Et prête à aimer, puisqu'il le faut ! Puisque je dois guérir. Je ne sais pas de quoi, mais je dois guérir. Je connais ma sœur, nous ne sommes pas jumelles pour rien. Elle vous a dit *Couvrez-la de baisers. Elle en a tellement besoin !* Vrai ou faux ?

– Elle pense à vous. Un peu vrai, et un peu faux.

– Aurait-elle été jusqu'à... Mon pucelage !

– Rassurez-vous... Il s'agit d'une tradition. Du coup, c'est là que vous seriez réellement traumatisée. Évidemment, en cas de force majeur... Nous n'y sommes pas. Personnellement, je vous trouve en parfaite forme. Simplement... Votre sœur à raison. Vous ne devez pas rester sur un échec.

Nous nous embrassons longuement, passionnément. Ça, je l'aime... Qu'elle veuille garder son pucelage, je le comprends. La tradition... Elle serait malheureuse d'arriver au mariage sans son trophée. Je ne suis pas un animal. J'attendrai le temps qu'il faudra. Et puis, c'est bon aussi d'attendre. Géraldine m'a appris à tirer la langue. On n'en meurt pas. Au contraire... D'ailleurs, elle me tient. Ah, s'il n'y avait pas Maria ! Je sombrerais complètement. Impossible de résister. Tout y passerait... Corps et âme. D'ailleurs, ça me fait peur. Dans ses bras, je me sens partir à la dérive. Oui, elle me tient. Il n'y a pas d'autre mot...

Elle ferme les yeux et nous nous enlaçons. Beaucoup d'amour, de passion. Il m'appartient de la soigner, de la remettre sur les rails. Pas le droit d'échouer. Faut dire qu'elle y met du sien. Elle se laisse caresser. Elle ne dit rien… Ça me semble bon. Pour le reste, il faut l'échauffer. Surtout ne pas vouloir aller plus vite que la musique.

Endroit vraiment très calme. Ce petit rayon de soleil derrière les vitres nous réchauffe. Je tremblais, lorsqu'elle a commencé à m'interroger. Mais non, elle comprend. Impossible de s'y prendre autrement. D'ailleurs, complètement prise en charge. Que doit-elle faire ? Rien... Se laisser aller. Non, elle ne dit rien. Uniquement pour son bien. C'est le cas de le dire...

Moi, je suis là en mission. Je m'applique... Quoiqu'il en soit, nous sommes bien partis. Ces choses là se devinent...

– Je vous aime ! s'exclame-t-elle en se serrant contre moi.

Qu'est-ce que je disais ! Ça commence... Oui, le temps de s'échauffer. Et une fois que c'est parti, c'est parti. Laisser le temps au temps. D'ailleurs, je lui dégrafe son soutien-gorge. Elle ne proteste pas. Thérapie autrement plus efficace que le psy. Du naturel... Autrefois, on se soignait comme ça. Et ça marchait...

Ah, des seins ! Que c'est bon. Pour elle aussi... On s'embrasse, puis elle pose sa tête sur ma poitrine. Je la caresse gentiment... Nul doute qu'elle a des désirs. Je lui prends la main... Ce n'est pas une mauvaise malade. Je lui caresse la poitrine, puis... Là encore, elle m'aide. Non, pas trop malade. Elle va guérir. Ça me rassure.

Oui, elle se place de telle sorte... D'un côté, pas pratique dans une voiture. De l'autre, ça l'oblige à bouger. Et pour bouger, il faut vouloir. Or, en amour, seule l'envie compte. Très important ! Je pourrais rassurer sa sœur. Lui dire *Ne craignez rien. Tout va bien !*

Puis, on réajuste nos vêtements. Elle prend un bonbon à la menthe qui traîne dans le vide poche. Évidemment, je ne dis rien. Inutile... D'ailleurs, elle vient se nicher contre moi. Oui, le temps de se reprendre. De se demander si je l'aime encore. Question toute bête, qui vient à l'esprit. Sentiment de culpabilité de courte durée. Bientôt, la confiance revient... Alors, on recommence à rire, à plaisanter.

– Vous me croyez toujours malade ?

– Non... Reste qu'il faut se méfier. Ce genre de traumatisme se révèle particulièrement sournois. Se montrer vigilants...

– Pourtant, je fais de mon mieux. La première fois que j'ose ! s'exclame-t-elle en posant sa tête contre mon épaule.

Elle est merveilleuse. Et pas timorée. Pudeur différente de celle que nous connaissions autrefois. La nôtre nous rendait bête à pleurer. Saine, libérée et pudique. Voilà l'expression que je cherchais. D'ailleurs, elle me dit :

– Vous m'attendez, il faut… Un petit pipi.

– Vous attendre, je ne sais pas. Et si je vous obligeais à courir derrière la voiture !

– Non, sérieux. Vous m'attendez...

– Bien sûr, que je vous attends. N'allez pas trop loin, je ne regarde pas. Attendez...

– Attendre quoi ?

– Faites ici... Regardez, j'ouvre la porte arrière de la voiture. Là, entre les deux portières. Personne ne vous verra. Et vous serez certaine que je ne partirai pas sans vous.

Elle ne sait que répondre. Enfin, elle observe :

– Vous allez tout voir !

– Assis sur le siège avant... Je n'ai pas les yeux derrière la tête. Et puis, je les fermerai.

– À condition de vous boucher aussi les oreilles.

Je baisse la tête, ferme les yeux et me bouche les oreilles...

Non, je ne regarde pas. Respecter, mettre en confiance. Quoiqu'il en soit, objectif atteint. En voie de guérison. On va me dire *Vous savez tirer votre épingle du jeu !* Pardon, conseil du psy. D'ailleurs, elle a compris qu'il fallait, elle-aussi. Quand il faut, il faut ! Il en va tout de même de sa santé. Et puis, ça fait du bien. Vaut mieux ça que la guerre, comme on dit.

On va ajouter, pourquoi entre les deux portières de la voiture ? Vraiment du vice ! Non, l'expérience de Géraldine continue à me poursuivre. Traumatisé... Peur de la perdre. Elle prend un chemin, s'avance, s'avance encore... Lorsqu'elle aperçoit un bosquet plus loin. Puis, commence le cauchemar. Elle pense revenir sur ses pas, alors qu'elle s'éloigne. Elle m'appelle... L'écho renvoie ses appels plus loin, de l'autre côté de la colline. Je m'affole, je cours... Finalement, je reviens sur mes pas. Impossible de retrouver la voiture. La nuit tombe...

Du vice ? Non, de la prévoyance. Au moins, elle se tient là, près de moi. Et puis, je ne vois rien, je n'entends rien. Faut comprendre ces choses là. Je dois me montrer à la hauteur.

Sa sœur me demandera-t-elle des explications ? Possible... Visiblement, elle se montrait fort inquiète *Allez en forêt et faites ce qu'il faut !* Voilà ce qu'elle m'a dit, si je traduis en clair...

Là aussi, on va me dire *Interprétation très personnelle. Vous tournez les choses à votre manière !* En réalité, je n'écoute que mon cœur. Inutile de chercher des complications. Les gens trouvent toujours à redire. Après tout, je fais de mon mieux.

– Ça y est, ce pipi ! dis-je, les yeux fermés et les doigts dans les oreilles.

Elle passe sa main dans mes cheveux en s'exclamant le plus naturellement du monde :

– J'avais envie...

Puis, elle se met à rire. Ce genre de confidence créé, entre nous, une certaine intimité. Déjà, nous partageons certaines choses...

Revenue s'asseoir sur le siège près de moi, elle s'exclame soudain :

– Ça ne se voit pas !

Je la regarde de près, avant de l'embrasser :

– Non, pas trop !

– Vous voulez dire, que ça ce voit malgré tout !

Elle attrape brusquement le miroir situé en haut du pare-brise.

– Légèrement... Nous nous sommes tellement embrassés. Le tour des lèvres un peu rouge. C'est tout !

Oui, de longs baisers laissent quelques traces. Rien de condamnable, en soi. On a le droit de s'aimer. Et j'adore l'embrasser, la serrer contre moi. Elle éclate de rire, lorsque je lui mordille le cou du bout des lèvres.

Puis, l'on se retrouve l'un en face de l'autre à se regarder, à reprendre notre souffle. Enfin, à nouveau, tout doucement, on se bécote du bout des lèvres. Oui, le grand amour. Faut dire qu'elle est... Vraiment belle. Son mari m'a laissé la meilleure part. Et même, tout laissé... Difficile de comprendre. Enfin, il en faut pour tous les goûts.

Moi, je ne critique pas. Surtout en pareille circonstance. Vraiment, elle ne pouvait pas mieux tomber. Et attention, très respectueux de son pucelage. Non, je n'y toucherai pas. Ça, je l'aime...

– Et maintenant, autour des lèvres !

– Rien, ça va passer.

– Vous en avez de bonnes ! Tout le monde va s'apercevoir qu'on s'est embrassé.

Elle s'inquiète du *Qu'en dira-t-on !* Conséquences d'une éducation très serrée. Surtout la Mama... Ah, j'imagine ! Même refrain à longueur de journée *Maria, il ne faut pas !* Alors, évidemment, à la longue, ça porte ses fruits... Et en la circonstance, de beaux fruits. *Beaucoup dé lé travail !* Oui, toujours revenir sur le sujet. Chaque jour, presque à chaque instant. Résultat, une fille merveilleuse. Sans le moindre défaut. Lorsqu'on veut du beau, il faut se dépenser sans compter.

– Et alors... Vous devez guérir. En la circonstance, plutôt bon signe. Malade, vous revenez de la forêt avec de belles joues rouges. Personne ne songera à vous le reprocher. Vu l'inquiétude... Ça va rassurer. Et puis... Montrez-moi vos lèvres...

Je l'embrasse tendrement...

– Que je vous aime !

– Vous tournez les choses... Avec vous, la vie paraît toute simple. Bref, je dois me montrer avec le tour des lèvres rouges. Ainsi, chacun sera-t-il rassuré. Signe de bonne santé...

– En la circonstance, vous pouvez... Non, vous n'avez pas besoin de le cacher.

– Même pas un peu de rouge à lèvres !

– Non...

– Je vous aime. Embrassez-moi. Attendez, je jette le restant du bonbon à la menthe. Dites-moi, vous aimez...

– Très... Et vous ?

Elle attrape mes lèvres avec les siennes en poussant de petits cris. Lorsqu'elle s'exclame :

– Vraiment, quelle délurée je suis ! La première fois qu'on m'autorise. Maman... Quoique mariée. Mon mari... Ah celui-là, je le retiens !

Dire que son mari ne la touchait pas. Difficile à comprendre. Une fille si belle, si agréable à vivre. Et puis, elle ose dire les choses. Beaucoup de femmes se retranchent dans le silence. Sans jamais aborder ce genre de sujet. Du coup, certaines se retrouvent malheureuses. Au lieu de dire *J'aimerais ceci, ou cela*. Non, le silence...

La femme d'aujourd'hui se montre plus ouverte. Elle revendique le droit au plaisir. Mieux, beaucoup mieux. Le modernisme n'apporte pas que du mauvais. Faudrait prendre le bon et rejeter le mauvais. Reste à reconnaître le bon du mauvais. Tout est là...

Par exemple, si je prends le cas du psy, il me dit *Vous entretenez une relation ambiguë avec Géraldine !* Je réponds *Oui, peut-être !* Depuis, je ne cesse d'y penser. Que veut-il dire, par ambiguë ? Géraldine est une femme. Pas un travesti... D'ailleurs, elle chausse du 38. Simplement, elle ne veut pas trahir son ami. Ça part d'un bon sentiment, d'une noblesse de cœur. Qu'il interprète à sa manière.

La prochaine fois, j'en parlerai. Surtout qu'il y a des exemples, entre nous, qui ne manquent pas de sel. Je parle des plus connus et qui, finalement, représentent la nation. Comme l'observe Géraldine, ils le reconnaissent publiquement. Alors, qu'il ne vienne pas me faire la morale, avec son *ambiguïté*. Je lui dirai, à propos des hommes politiques... Enfin, il en faut pour tous les goûts ! Géraldine me caresse l'épaule, glisse sa main le long de la colonne vertébrale. Personnellement, je n'y vois aucun mal.

Seulement voilà, ici comme ailleurs, il existe des passe-droits. Eux, ces messieurs de la haute, du dessus du panier, peuvent tout se permettre. Vraiment, quelle justice !

Nous voilà de retour...

— Et alors, ça s'est bien passé ! demande Josépha.

— Un grand tour à pied dans la bonne humeur. On a bien rigolé. Oui, tout c'est bien passé. De toute façon, tu voulais que ça se passe bien ! observe-t-elle sur un ton de reproche.

Du coup, silence pesant... Très mal à l'aise. Enfin, heureusement, elle se reprend.

— Rassures-toi, je vais bien. Et même, très bien.

Elle se tourne soudain vers moi pour s'exclamer :

— Ma sœur s'inquiète pour moi, et je la comprends. Comment lui en vouloir ! D'ailleurs, vous êtes témoin, je me suis montrée obéissante. Je suis allée jusqu'au bout, et j'en ai éprouvé du plaisir. Voilà, tu sais tout. Contente...

Sa sœur plisse soudain le front :

— Maria, tu n'as pas...

— Mais non, rassures-toi. J'ai encore mon pucelage.

Puis, elle se met à rire, à rire. Nous obligeant à sortir de notre réserve. Finalement, je me demande si elle est vraiment guérie. Comme quoi, il ne faut jamais crier victoire !

Enfin, on se retrouve dans l'intimité de sa chambre.

— Ma sœur se sentait mal à l'aise ! s'exclame-t-elle en riant.

– Maria, je m'inquiète, moi-aussi. Vous avez vraiment éprouvée du plaisir.

– Bien sûr... Vous l'avez vu. J'avais envie... Et j'ai encore envie... Ce n'est pas un crime !

– Au contraire. Mais, vous comprenez que l'on puisse exprimer quelques craintes. Même si elles ne se justifient pas forcément. Il faut pardonner à votre sœur. Par amour, tout simplement. Vous feriez la même chose pour elle.

– Vous profitez tout de même des circonstances, avouez-le !

Non, je ne profite pas des circonstances. Et je suis sérieux. Je sais très bien que ce genre de traumatismes peut laisser des traces terribles, à vie. C'est d'ailleurs pourquoi les tribunaux se montrent si sévères. Ce n'est pas le geste qui compte, mais les conséquences. Il en faut parfois si peu. Il suffit qu'un homme glisse sa main dans la culotte d'une petite fille… Conséquence : traumatisée à vie. En clair : frigide. D'où, encore une fois la sévérité des tribunaux. Le public ne comprend pas. Il pense au geste… Non, ce n'est pas le geste, mais les conséquences.

– Vous me plaisez tellement. Et puis, je pense surtout à vous.

– Œuvre de charité !

– De l'amour, tout simplement.

– Je vous embête !

– Mais, non... Je comprends votre position. Tout le monde se demande si...

– Vous savez, je vais être franche. Je me le demandais aussi. C'est pourquoi j'ai accepté avec une telle légèreté. Avec tout ce que j'entends autour de moi, il fallait que je sache. Et vous me plaisez. Test pour vous. Test pour moi. Et apparemment, tout va bien. Moi aussi, je me trouve un alibi. Alors, j'en profite. Puisque personne ne dit rien. Puisque chacun m'encourage. Pour la bonne cause, paraît-il...

On s'enlace, on s'embrasse. Quelle fille ! Vraiment charmante.

Si spontanée, si naturelle. J'allais dire *Si fraîche...* Voilà le mot, fraîcheur, sincérité. Et puis, très douce. Bref, toutes les qualités d'une fille bien élevée. À l'image de la maison. Propre partout. Pas le moindre défaut. Du ménage tous les jours, tous les jours. À la longue, ça paie. La preuve... Et lorsque par hasard, on trouve un défaut, le plus petit grain de riz. Symbole du bonheur, rayon de soleil. Quelle est belle ! Vraiment resplendissante...

– Maria... Je vous aime de tout mon cœur.

– Moi aussi, je vous aime. Cet après-midi, je le répète... J'ai aimé...

Elle murmure à mon oreille :

– J'avais envie... Et puis, vu les circonstances, on aurait tort de ne pas en profiter.

Enfin, elle se dirige vers la porte.

– Vous venez...

Vraiment une fille bien. Nous pouvions en profiter davantage encore. Surtout qu'elle vient de me dire *J'ai encore envie...* Finalement, elle ne descend pas.

– Dites à maman que je garde la chambre.

– Maria...

– Non, je préfère. Mais, rassurez-vous, je vous aime...

Enfin, on s'embrasse tendrement. De longs baisers d'amour. Jolie, spontanée, tout ce que j'aime. Presque une petite fille *J'ai envie de faire un petit pipi !* Qu'elle est mignonne ! Et tellement femme... Moi, j'aime ça...

Évidemment, je pouvais rester puisqu'elle m'y invitait... J'ai préféré partir. Ne pas abuser des gourmandises !

5. Révolution 1789

Ah, un coup de fil ! Et d'après le numéro... Oui, j'ai acheté un portable. Devenu nécessaire, depuis la perte de Géraldine dans Paris. J'en reste traumatisé. Il faut vivre avec son temps.

– Allo !

– Papa ! Caroline… Problème, gros problème !

– Que se passe-t-il ?

– Annette… Pleine de sang !

– Blessée ?

– Non, elle a saigné du nez et ses yeux sont devenus tout blanc.

– Yeux révulsés…

– Peut-être !

– Elle a saigné beaucoup ?

– Non, pas beaucoup. Une feuille de papier pleine de sang.

– J'arrive !

Comme quoi le téléphone… Pratique tout de même ! Saigner du nez, pas grave. Par contre, yeux révulsés. Encore autre chose ! Quoiqu'il en soit, pas normal. Bon, heureusement, je suis en ville.... J'allais monter dans la voiture !

Dix minutes plus tard… Les deux filles m'attendent sur le bord de la route. Inquiétant ! Le temps de me garer.

– Que s'est-il passé ? Une dispute ?

– Non… Annette a demandé à Valérie de lui prêter son livre d'histoire. Elle commençait à recopier des mots. Soudain, elle saigne du nez. Elle pleurait, elle criait, comme si elle voyait quelque chose d'épouvantable !

On arrive dans sa chambre...

Oh, elle pleure encore ! À chaud de larmes. Non, ses yeux ne sont pas révulsés. Tant mieux ! Ça m'inquiétait. À moitié rassuré. En sueur...

Je pose ma main sur son front... Elle a chaud. J'ouvre la fenêtre...

– Que s'est-il passé ? Pas grave de saigner du nez. On n'en meurt pas. Tout le monde saigne du nez de temps en temps. Il ne faut pas avoir peur, dis-je en lui caressant la joue.

Les yeux fermés, elle ne répond pas. Je me dirige vers son bureau. Oui, une feuille de papier pleine de sang.

– Heureusement, rien sur mon livre ! s'exclame Valérie.

Par contre, la feuille de papier...

– Elle écrivait et d'un seul coup !

Qu'est-ce qu'elle écrivait ? *Révolution 1789* et, à côté, gros point rouge. Sans doute pour souligner cet épisode sanglant. Beaucoup de têtes coupées. Et comme elle est sensible. Par contre, au-dessous de 1789 se présente le nombre 234. Quoiqu'il en soit, ce n'est pas ce nombre... Non, paniquée pour autre chose, pour les têtes coupées lors de la révolution. Sensible, alors...

Je retourne à son chevet. Toujours très agitée. Je m'assoie sur le bord de son lit, lui caresse le visage.

– Que se passe-t-il ?

Évidemment, elle ne répond pas. Vraiment sous le choc ! La révolution fut une période terrifiante. On coupait des têtes à longueur de journée. Les charrettes arrivaient, les détenus en descendaient, pour repartir aussitôt. D'où ce qualificatif *Épisode de la terreur*. Oui, sensible ! Visiblement terrorisée. Pourquoi ? Quelque chose a marqué son esprit.

Je lui caresse à nouveau le visage, je l'embrasse. Douloureux de la retrouver dans cet état !

– Que se passe-t-il ? Hein !

Ah, elle ouvre les yeux ! M'entoure le cou de ses bras.

– Tu as eu peur ?

Elle recommence à pleurer, à s'agiter. La première fois qu'elle se retrouve dans un tel état ! Voilà qu'elle sanglote… Visiblement terrifiée.

– Mais que ce passe-t-il donc ? Les têtes coupées ? Le sang coulé lors de la révolution ?

Elle fait Non de la tête. De quoi pourrait-il s'agir ?

– Le nombre 234 ?

Elle secoue la tête. Non, encore.

– Du sang partout, papa. Beaucoup de sang.

J'ai envie de dire… Rien de terrifiant ! Inutile de se mettre dans… Curieusement, ses mouvements de tête semblent dire le contraire.

– C'est ce nombre 1789 qui te fait peur ?

Elle ne répond pas !

Je cherche le papier... La date 1789, suivie d'un gros point colorié en rouge. En-dessous, le nombre 234 suivi d'une tache de sang qui, pour un peu, remplirait la moitié de la page. Pourquoi ? Quel mystère ! Quoiqu'il en soit, dans son esprit, quelque chose d'important, de très important. Oui, terrifiée...

Nul doute qu'elle a des visions. Elle a vu quelque chose. Quoi ? Épisode sanglant ? Si elle parlait… Mais non, seulement des mouvements de tête. Surtout ne pas l'interroger. Déjà suffisamment perturbée ! Les images pourraient revenir. Que faire ? Ne pas évoquer le sujet. Elle va oublier. J'étais comme ça. Oui, je comprends.

Je prends la feuille de papier que je glisse dans mon tiroir. Heureusement, Caroline a eu la présence d'esprit de mettre une serviette sous sa tête. Curieux, pas une goutte de sang. Uniquement sur la feuille de papier comme s'il fallait la colorier en rouge. Bizarre !

Je retourne à son chevet. Elle dort… Les filles sont là autour de moi à m'interroger du regard. Malheureusement, difficile de trouver une explication. D'ailleurs, pourquoi demander le livre d'histoire de Valérie ? Pour se renseigner sur la révolution ? À son âge, elle ignore tout de cette partie de notre histoire ! Alors ? Alors, je ne sais pas…

Je demande à Valérie :
– Elle n'a pas dit pourquoi elle voulait ton livre d'histoire ?
– Rien. Aucune explication. Elle demande mon livre d'histoire. Je lui prête… Ce n'est pas la première fois qu'elle me prête un livre. Le tout, ne pas déchirer les pages. Elle le sait…
– Bizarre ! Elle n'a pas dit ce qu'elle cherchait ?
– Je pensais que c'était pour regarder les images.
– Cherche-moi ton livre !
Un instant plus tard, la voilà qui revient… Resté ouvert à la page qu'elle consultait.
– Tu vois, rien de spécial. On y parle de la révolution française et l'image d'une plateforme où l'on coupait les têtes.
– L'échafaud… Les malheureuses victimes attendent leur tour les mains attachées derrière le dos. D'autres, patientaient en bas de la plateforme. Des soldats en armes entourent cette place. Un homme, visiblement très remonté, brandit un drapeau. On le voit lancer des paroles où percent des cris de victoire. Oui la révolution. Drôle de période. Terrifiant !

Je demande si la date du 1789 lui fait peur. Elle répond *Non*. Nul doute, les têtes coupées la terrifient.
– Elle sait compter, Annette ?
– Non… Deux fois deux. Oui… Et encore, obligée de réfléchir.
Qu'est-ce que je disais. Alors… Alors, je ne sais pas. On verra ça plus tard.

Je voudrais oublier, passer à autre chose. Je ne peux pas.
– Vous n'avez rien vu ? Ses devoirs n'abordent pas cette période sombre.

Caroline hausse les épaules. Elle a raison. À l'école, ils apprennent à lire et à écrire des mots, à colorier des dessins. Ça, elle dessine, elle colore. Toujours à dire *Tu veux que je te fasse un dessin !* Manière de s'exprimer, de traduire des idées. À son âge, plus facile qu'à l'aide de phrases. Oui, je comprends et j'approuve. Bonne méthode.

Bon, je me chauffe un café.

– Vous voulez goûter ? Pains aux raisins ?

– Un cacao. Oui, pains aux raisins.

Arrivé trop tard. Plus de chaussons aux pommes. J'ai pris des pains aux raisins. Moi, je préfère des chaussons aux pommes. Enfin, soulagé. Je m'inquiétais… Reste que cette situation peut se reproduire pour une raison ou une autre. Si je savais encore pourquoi !

Soudain, une idée me vient…

– Surtout, ne parlez de rien. Pas un mot de cette histoire. Faire comme si elle n'avait jamais existée. Vous comprenez !

– Oui, on comprend !

– Vous promettez !

Mouvements de tête.

Non, elles n'en parleront pas, je les connais. Encore que… Lors d'une dispute ! Mais le temps aura passé. Il faut penser au présent.

6. Souper aux chandelles

Le lendemain matin…
– Hein, mon petit papa ! Que c'est moi que tu préfères…
– Mais oui...
– Tu pleures !
– Mais non...
– Moi, je vois bien que tu pleures ! Pourquoi, tu ne veux pas répondre... Hein, mon petit papa ! Tu a du chagrin... Quelqu'un te fait des misères ! Il a bobo, mon petit papa !

Enfin, elle ne pense plus à l'épisode de la veille. Ouf ! Qu'une passade… Elle oubliera, ce n'est qu'une enfant !

Du coup, j'enfouis mon visage entre mes mains. Quand on verse des larmes... Inutile de chercher à se retenir... La gamine à raison. Du chagrin... Évidemment, elle cherche à me consoler en passant ses mains dans mes cheveux, en s'efforçant d'écarter mes doigts pour observer mon visage. Oui, des larmes de chagrin... Et sans doute quelques larmes de bêtise.

Quand on pleure... Ça vient comme ça. Alors, on se laisse aller. La plupart du temps, l'autre ne voit rien. Oui, ça passe. Ça finit toujours pas passer. Puis, on oublie... D'autres fois, le cas aujourd'hui, on se fait piéger. Pressé de questions, il faut s'expliquer. Parfois, peu de chose. Une bêtise... D'autres fois...

– Alors, qu'est-ce qu'il a mon petit papa !

– Géraldine parle de partir.

– Partir où ?

– D'où elle vient...

Du coup, elle verse des larmes, elle-aussi. Au moins, je ne suis plus seul. Important en la circonstance. Garder la face... Et puis, l'habitude de tout partager.

Le moment de surprise passé, elle réclame des explications. Impossible d'inventer. Moi, je ne sais rien, ou très peu. Toujours le même problème. Elle jette de l'ombre partout autour d'elle. Uniquement pour entretenir le mystère.

– Pourquoi, veut-elle partir ?

– Son ami vient d'ouvrir les yeux.

– Donc, réveillé...

– Non, il a ouvert les yeux pour les refermer. Deux fois de suite... Signe, qu'il pourrait sortir du coma...

– Ils repartiront ensemble !

– Je ne sais pas... Elle évoque cette éventualité... Et...

– Et quoi, papa ?

– Elle m'a dit *Je vous aime...*

– Donc, elle ne partira pas !

– Si... Seulement, on sent... Pas facile, elle se retrouve le dos au mur... D'ailleurs, elle m'a dit *Il y aura une décision à prendre !* Et puis, surtout, je sentais des sanglots dans sa voix.

– Elle pleurait...

– Non, elle prononçait ces mots *Je vous aime !* Comme lorsqu'on éprouve de l'amour pour l'autre sans pouvoir en parler. Par pudeur... Moment important de son existence !

– Qu'est-ce qui se passe ?

– Justement, rien. On parle normalement sans pouvoir s'expliquer. Et brusquement, au milieu d'une phrase, on se sent obligé d'en parler...

Tournant important, émotionnellement parlant... On se rencontre, on apprend à se connaître. Puis, brusquement, il faut déjà se quitter.

Alors, on verse quelques larmes. Le lendemain, il n'y paraît plus. En apparence, tout redevient normal. Reste qu'on porte au fond de soi une déchirure. Certes, aucune décision définitive. En réalité, elle va partir. Son *Je vous aime* représente un mot d'adieu. Ça veut dire *Merci pour tout*. Merci pour les moments passés ensemble. Merci de vous avoir rencontré, de connaître ces regrets. Pas toujours facile de partir. Douloureux… L'impression de laisser, derrière soi, une trace très marquée.

Ce *Je vous aime* représente donc la déchirure. Elle voulait le dire avant de partir.

Évidemment, je pense à Maria. Problème, trop bien pour moi. Et puis, avec mes trois enfants, nous n'allons pas ensemble. Il lui faudra trouver quelqu'un d'autre, quelqu'un qui saura l'aimer. Elle le mérite… La rupture viendra d'elle, pas de moi. Sinon, nouveau traumatisme. Il lui appartiendra de prendre la décision, de comprendre, peu à peu, que son destin est ailleurs. Puis-je me reprocher quelque chose ? Je fais de mon mieux même si personne ne comprend. Non, je ne profite pas de la situation. Je me comporte d'une manière responsable. J'ignorais tout de cette histoire… Sinon, je serais parti sur la pointe des pieds. Piégé... Difficile de m'y prendre autrement. Je pense surtout à elle, à sa guérison.

Plus tard, elle m'oubliera. Elle ne comprendra pas combien cette promenade en foret fut déterminante pour son avenir. En réalité, difficile de mesurer l'impacte d'un tel traumatisme. Peut-être négligeable ou, au contraire… Oui, déterminante. J'ai fait de mon mieux ! Rien à me reprocher.

– Ça veut dire, qu'elle n'a rien décidé.

– Pour l'instant, encore dans le coma. Attendre... Et puis, espérerons qu'il s'en sortira, le malheureux. Ce soir, nous prierons tous les quatre pour lui.

– Il ne faut pas penser qu'à nous. Hein, papa !

– Non... Se mettre à sa place, et prier...

– Il faut espérer.

– Oui... S'effacer, chercher à ne pas infléchir le court des événements. Bref, cacher nos larmes. D'autant qu'elle ne manque pas de mérite. Une telle fille ne se rencontre pas tous les jours.

– Bon, je vais voir mes sœurs...

Évidemment, elles accourent...

– C'est vrai, Géraldine va partir !

– Elle en parle. Possible, oui.

– Qu'est-ce que tu vas faire ?

J'aime ce genre de questions ! Comme tout le monde, accepter la situation. De même, difficile de se battre contre les éléments : pluie, soleil, tempête. Il faut courber le dos et attendre des jours meilleurs. Pouvons-nous décider à sa place ? Faudra faire avec... Ce sera dur. Oui, très dur...

– Rien... Sinon, prier pour son ami. D'abord penser à lui. Nous, après... Bon, ne pleurez pas ! Et puis, elle n'est pas encore partie.

– C'est pareil !

Que répondre ? Oui, pareil ! Géraldine partira un jour ou l'autre. Elle partira dans sa région, là-bas où l'on parle avec les mains. Faut comprendre. D'ailleurs, depuis quelque temps, elle ne cessait d'évoquer cette région qui l'a vue naître. Elle dit *Mon Bordeaux...* Ça, elle aime sa ville... Et maintenant qu'il a ouvert les yeux, l'espoir renaît...

– Très dur, pour elle-aussi !

– Elle t'a dit qu'elle t'aimait...

– Comme quelqu'un qui aime vraiment. Ça venait de loin, des plus profonds replis de sa chair !

– Et toi, tu as ri...

– Parce que... Encore une fois, lorsqu'on a des choses importantes à dire. Pas facile de trouver, ni les bons mots, ni le bon moment, pour l'exprimer. Alors, on le dit, comme ça...

– N'importe comment... D'une manière banale !

– Souvent, ça tombe comme un cheveu sur la soupe. Mais, on le dit malgré tout.

– Toi, tu as senti...

– Ses paroles resteront gravées au fond de ma mémoire pour toujours.

– Elle va pleurer, elle-aussi !

– Déchirée, comme nous. Oui, elle va pleurer le soir dans son lit. Elle pleurait déjà avant. Alors, maintenant... Triste, de pleurer dans la solitude. Personne ne le sait. Alors on reste là, seul, avec sa peine. Elle pleure aussi par amour...

– Pourquoi ? C'est différent ?

– Oui, très différent... Lorsque l'on a passé quelque temps à vivre ensemble, à partager de petites joies, à connaître les mêmes émotions... Excusez-moi, mais...

Et me revoilà à verser des larmes. Bientôt, nous pleurons tous les quatre. D'un sens, il n'y a pas de honte à pleurer, à partager des émotions.

– Que fais-tu ?

– Je vais chercher du bois pour allumer la cheminée. On dînera aux chandelles.

Une manière de célébrer l'événement. D'ailleurs, est-ce triste ? Non, son ami vient d'ouvrir les yeux par deux fois. Ça compte... Et puis, allumer la cheminée séchera nos larmes. Faut pas avoir honte de pleurer. Même lorsqu'on est un homme. Bon exemple, pour les petites. Montrer son chagrin forge le caractère.

Repas modeste. Rien d'exceptionnel... Uniquement pour marquer le coup. Décoration de la table : nappe en tissu léger, achetée lors d'une solde. Papier de couleur rouge pour recouvrir la nappe. Très joli... Peu de chose pour obtenir une décoration du plus bel effet. Bougeoirs, quelques branches de thuya et le tour est joué. Évidemment, pas d'alcool pour les petites. Je me verse un apéritif. Et ça, elles le savent... Inutile d'en discuter. Très raisonnables sur la question. Non, pas à me plaindre. Quelques huîtres dénichées en urgence à la supérette du coin pour commencer... On se croirait revenu au réveillon !

– Alors, c'est bon !

– En l'honneur de Géraldine. Hein papa !

– Et de son ami...

Ça nous fait mal. Mais que faire ? Rien... Et puis, est-ce un enterrement ! On va manger tranquillement... Jeter de temps en temps une bûche dans la cheminée en plaisantant, tout en parlant de Géraldine.

– Vous vous souvenez lorsqu'elle s'est exclamée *Appelez-moi, Géraldine !* Et toi, Annette, tu croyais que je l'imitais...

Valéry observe :

– Surtout, lorsqu'elle t'a dit *Vous m'imitez, maintenant !* Mortes de rire ! N'empêche, qu'elle n'a jamais voulu venir habiter avec nous.

– C'est vrai ! Même pour quelques semaines. Une fille bien. Oui, je la regretterai...

Et puis, des réflexions... Vraiment déroutantes. Lorsqu'elle m'a sorti *Et si vous aviez un ami homosexuel !* Comme si je pouvais avoir un ami homosexuel ! Où travaillent-ils ces gens là ? Parfois, je me pose la question. Enfin, ils travaillent bien quelque part ! Non, pas d'homo au travail. On n'en voudrait pas chez nous. Et si malgré tout... À la longue peut-être finirait-on par s'y habituer. Après plusieurs années. Oui, il faudrait du temps. Lentement, peu à peu... Enfin, ça doit tout de même faire drôle. Surtout la crainte d'un geste. On ne sait jamais ! Obligé de s'exclamer *Ça va pas non !* Manquerait plus qu'il réponde *Excusez-moi, je croyais !*

De quoi se poser des questions. Qu'ai-je dit ou fait pour qu'il en vienne à penser ? Et même à croire ? J'en serais troublé. Le malaise s'installerait... Pour finir par s'estomper. Oui, on finit toujours par pardonner, par comprendre... On se dit *Il croyait...* Qui ne se trompe pas ! Bientôt, le cours des événements reprendrait normalement. Et s'il revenait à la charge en utilisant une stratégie différente. Ces gens-là, lorsqu'ils ont une idée dans la tête, ils ne l'ont pas ailleurs, comme on dit *Vous savez, la fois dernière... Vous m'en avez voulu, mais j'ai vraiment pensé...* Bref, le cauchemar !

Et lorsqu'elle m'a demandé *Avez-vous déjà eu une expérience homosexuelle !* Là encore... Insolite, dérangeant... Ça force à réfléchir, à se poser des questions. Très loin de notre univers. On entend ça à la télé... Pour nous, ça ressemble aux défilés de mode, avec leurs vêtements ridicules et vendus hors de prix. La bêtise, quoi ! Tout juste bon pour habiller des excentriques. Et dire qu'ils trouvent des gens suffisamment stupides pour porter des pots de fleurs sur la tête ! Enfin, ça fait rire. C'est déjà ça...

Le téléphone sonne. Inutile de se déranger. Entre copines, elles ne cessent de s'appeler. Pour les devoirs, pour se raconter n'importe quoi, des bêtises. Obligé de mettre les hauts là. Et même de lancer des *Oh, là, là* ! Oui, elles finissent par abuser.

— Papa... C'est Géraldine.

Ah, Géraldine ! Peut-être vient-elle m'annoncer qu'il a ouvert les yeux définitivement. Tant mieux ! Oui, je comprendrais qu'elle veuille nous annoncer la bonne nouvelle et partager sa joie. Quoi de plus naturel. Tant pis pour nous ! Faudra s'incliner. Et même très bas. Ne rien dire. Pas un mot... Compliments, félicitations, uniquement.

Après quelques mots :

— Vous avez lu ma lettre ! Vous dites...

Oui, j'ai déposé une lettre chez elle. Écrite sur une table au café du coin, devant une tasse de chocolat. Lettre très émouvante dans laquelle je lui donne raison de vouloir retourner dans son pays. Que dire d'autre ! Évidemment, nous garderons en mémoire les bons moments... Nous lui sommes tellement redevables ! Sans elle... Je devrais chanter, lui disais-je l'autre jour, du matin au soir *Que serais-je sans toi !* Alors, de retour à la maison, j'ai versé des larmes. Faut comprendre, je lui dois tout... Même ma rencontre avec Maria. Période de ma vie marquée par sa présence. Et dire que le psy parle d'ambiguïté. Difficile à digérer !

– Ah bon ! Moi je vous voyais déjà partie laissant derrière vous... À quelle misère ! Comment ? Rien n'est décidé... Nous ! À table... À manger des huîtres… En l'honneur de votre départ... On a beaucoup pleuré, et puis... Il faut reprendre le dessus. Très dur... Comment ? Je suis bête ! Géraldine, vous avez mangé ! Vous dites ? Alors, venez nous rejoindre ! Bon d'accord, je vous cherche...
– Elle arrive...
– Oui, elle arrive. Ou, plus exactement, je la cherche... Bon, vous mettez une assiette en plus. Allez, à tout de suite...

Tout en allant, je me sens tout heureux, tel un enfant. Heureux de la revoir, heureux qu'elle prenne la peine de nous téléphoner, heureux qu'il puisse rester, entre nous, quelques liens. Pas grand chose. Un peu d'amitié...
Même s'il ne restera bientôt plus rien. En fait, je m'accroche à cet espoir avec d'autant plus d'ardeur qu'elle va partir. L'impression que tout s'effondre... Bien sûr, la vie reprendra le dessus. Tel un arbre immense, centenaire, qui donnait de l'ombre et qu'on abat. Plus rien ne sera comme avant. Pourquoi ? Parce qu'il manquera dans le paysage. On y pensera encore de temps en temps, dans les moments nostalgiques. Symbole d'une autre époque. Puis, les années passeront... Il ne s'effacera jamais de la mémoire. Si imposant, qu'on le voyait de loin. Alors, évidemment, le voir tomber fait mal. Bien sûr, encore là, debout, avec toutes ses branches. Mais la décision est prise. Mort programmée. Un jour ou l'autre… Rien n'est éternel !

– Alors, comme ça, vous pleurez tous les quatre !

– Impossible de reprendre notre souffle.

– N'exagérez pas !

– Beaucoup de chagrin... Vous comptez beaucoup pour les enfants et moi. Véritable rayon de soleil dans notre vie. Et puis, très contents pour votre ami. Lui seul doit compter. Sa sortie du coma représente une chance inouïe. Vous allez pouvoir reprendre une vie normale. En son honneur, ce petit repas. Uniquement pour marquer le coup.

Une vie normale... Là-bas, loin de nous. Rien à redire. Déjà pas mal de l'avoir rencontrée. Que serait la vie sans elle ? Je n'ose pas l'imaginer. Surtout, je n'aurais pas connu Maria. Une place, des gens à genoux. Je m'arrête... Souvent, j'y repense. Concours de circonstance ? Fatalité ? Hasard ? Je préfère évoquer la providence. Existence bouleversée, goût de la vie retrouvée.

– Émouvant... Je ne sais que dire ! En réalité, vous m'êtes, vous-aussi, un ami très précieux. J'ose le dire pour la première fois *Je vous aime.*

– Déclaration d'amour ! Vous disiez souvent *Embrassez-moi,* ces derniers temps.

– D'une manière un peu légère. Cette fois, déclaration d'amour.

– Et votre ami ?

– Mon ami... Pas encore tiré d'affaire. Disons, l'amorce d'un espoir pour la suite des événements. Mais...

– Mais ?

– Tout n'est pas si rose... Il m'a joué des tours, lui-aussi. Je m'en suis aperçue après l'accident. Évidemment, j'ai passé l'éponge pour revenir à l'essentiel. Maintenant qu'il revient à la vie, qu'il devrait s'en sortir, j'ouvre les yeux et je lui en veux.

Inutile de lui poser des questions. Elle répondra *C'est ma vie privée !* Pas un mot de plus. Que lui a-t-il joué comme tours ? Mystère... La première fois qu'elle livre ce genre de confidences.

Maintenant qu'elle le sent tiré d'affaire, elle le traite comme un homme. Impossible de se réfugier derrière la maladie. Bon signe, évidemment... Preuve qu'il va s'en sortir. Preuve aussi, qu'elle reprend le moral. Décision à prendre ! D'où, peut-être, son coup de fil...

7. La maman de Véro

Pas revue Géraldine depuis trois jours. Très occupée à prendre des nouvelles de son ami. Elle ne quitte plus son chevet ! Je m'exclame *Et votre travail !* Elle répond *Il me restait qu'une demi journée pour finir la semaine !*

Sortie d'affaire, a-t-elle encore besoin de moi ? Je n'ose plus l'appeler. D'ailleurs, rarement chez elle. Je lui écris... Elle tarde à me répondre. Et puis, toujours la crainte de la blesser. Parfois, je glisse des plaisanteries qu'elle n'apprécie pas forcément... Alors, je regrette.

Bon caractère... De mauvaise humeur parfois, lorsqu'elle a ses petites affaires. Je le sais, et pourtant... Je m'exclame *Je vous croyais fâchée !* Elle éclate de rire *Pas du tout ! Pourquoi voudriez-vous...* Bref, je me fais des idées.

Une chose est certaine, elle se montre plus distante. Son ami ouvre-t-il encore les yeux ? Mystère... Un jour, je lui demande *Vous avez une photo de lui ?* Elle répond en pointant le doigt sur la poche intérieure de sa veste *Personnel... Sa photo se trouve toujours ici, sur mon cœur.* Évidemment, je lui demande de me pardonner. Curiosité malsaine ? Je ne le pense pas.

Entretenir le secret, s'entourer de zones d'ombres. Sa vie privée, sujet tabou. Quand je lui pose une question banale, sans le moindre intérêt, elle observe *Vous êtes trop curieux !* Puis, elle se livre aux confidences *Vous êtes le seul à savoir ! N'en parlez pas...* Évidemment, je ne dis rien. D'ailleurs, à qui pourrais-je en parler ? Je ne connais personne de son entourage.

Fini l'époque où elle s'exclamait à chaque instant *Je vous aime !* Elle riait, je la sentais heureuse. Beaucoup de bons moments passés ensemble. Elle ne cessait de répéter *Vous êtes mon ami !* Aujourd'hui, ses préoccupations sont ailleurs. Inutile de protester. Autrement dit *Un ami, uniquement un ami !* Je l'appelle moins... Je lui écris moins... Malgré tout, elle compte encore pour moi.

Quand ils partiront, elle et son ami, je les regarderai prendre leur envol comme deux oiseaux. Mon rôle s'arrêtera là. D'où cette mise en garde dès le premier jour *Ne me touchez-pas ! Je ne serais pas contente...* Ça, je m'en souviendrai. Promesse tenue. Les gamines observaient *Demain, elle n'y pensera plus !* Hélas, elle y pense encore. Depuis, rien n'a changé.

Toujours la même ligne de conduite. Exemple, pourquoi ne pas venir habiter chez nous ? Non, elle pense à son ami, allongé sur son lit, dans le coma. Très vertueuse...

Un jour, je lui dis en plaisantant *Seriez-vous vous encore pucelle !* Oh, là ! Elle se fâche, jusqu'à me lancer *Plaisanterie de mauvais goût ! Pucelle, en vivant avec mon ami. Vous voudriez me faire passer pour qui !* De même, la toucher la scandalise au plus haut point *Vous n'avez pas le droit, et vous le savez. Je tiens à rester fidèle à mon ami.* Puis, elle n'y pense plus. Elle rit... Pour ressortir à l'occasion *Vous m'avez touchez du bout des doigts, souvenez-vous...* Obligé de reconnaître que...

Moi, je n'y vois aucun mal. Non, elle ne le supporte pas. Elle tient à respecter ses engagements. Quel caractère ! Très beau... Si un jour il venait à m'arriver quelque chose, je ne vois pas qui pourrait m'aimer avec suffisamment de force pour se comporter ainsi ! D'ailleurs, je ne le souhaite pas. Malade, je préférerais rester seul dans mon fauteuil. Inutile de se sacrifier pour moi. Question de tempérament. À la vérité, je préférerais disparaître. Certains s'accrochent désespérément à la vie. Je ne les blâme pas. Faut comprendre les uns et les autres.

Même dans ce journal, qu'elle ne lit pourtant pas, j'évite d'employer certains mots. Exemple, je ne me permets plus de dire *Vous êtes sotte !* Elle se fâche *À force de le répéter, tout le monde va finir par le croire !* Mais, Géraldine, vous utilisiez cette expression *Oh, que je suis sotte ! Vous vous souvenez... Moi, je vous qualifiais seulement de Stupide !* Elle répond *Seulement stupide ! Merci...*

Alors, j'essaie de me justifier *Enfin, reconnaissez qu'il faut tout de même être un peu stupide pour tout quitter et se retrouver à la gare avec, à la main, une simple valise.* Elle observe *Entre, être un peu stupide, et stupide, il y a tout de même une nuance...* Puis, elle rit, elle reconnaît sa bêtise. Bref, elle est un peu stupide. Évidemment, je rationalise *Vous êtes un peu stupide par amour, parce que vous savez aimer. Et finalement, très humaine. Tout à votre honneur !* Elle éclate de rire. *Vous avez une façon de tourner les choses... Vous retomber toujours sur vos pieds !*

Attention ! Pas un mot de travers. Oh, là ! Elle se fâche... Pourtant, elle revient toujours. Oui, une bonne petite. Ses yeux, couleur océan, quoique parfois légèrement délavés, trahissent sa générosité. Elle ne pense qu'aux autres. Partant de là, j'en arrive tout naturellement à m'exclamer *Et si elle pensait un peu à son copain qui tire la langue !* Inutile d'insister. Toujours le même refrain *Vous savez que...* Surtout en ce moment, qu'elle se tient à son chevet. Alors, j'imagine la scène. Assise sur son lit, à lui caresser le visage, à l'embrasser, à lui dire des *Je t'aime, on va bientôt partir ensemble !* C'est beau l'amour...

Bref, je ne compte plus. Grosse perte pour moi et les filles. Valise déjà bouclée ? Probablement... Rien à redire ! Que nos yeux pour pleurer. Quoiqu'il en soit, quel chagrin lorsqu'elle m'a annoncé son départ...

– Papa, que fais-tu ?

– Rien, tu vois... J'écris...

– L'histoire continue.

– Pour l'instant, elle continue. Même si le ressort est cassé.

– Elle va partir ?

– Oui, elle va partir. Enfin j'imagine, puisqu'elle ne dit rien. Très secrète... Son ami va-t-il mieux ? Il devrait aller mieux, puisque nous prions depuis plusieurs soirs, tous les quatre, à genoux.

Difficile d'agir autrement. Les petites apprennent ainsi le goût du sacrifice. Tout n'est pas rose dans la vie. Elle qui dit encore *Vous ne pensez qu'à ça !* La preuve que non...

– Papa, et mon dessin. Celui de ma chambre...

– Oui, et alors ?

– Ça veut dire quoi ? Tu veux que je te l'apporte ?

– Si tu veux...

Ah, vraiment pas le moral ! Rudement bien fait d'aller s'éclater dans cette boîte branchée à Paris. J'y repense souvent. Jamais je n'oublierai ses questions dérangeantes *Vous avez déjà couché avec un homme ?* La première fois qu'on me pose ce genre de question. Et sans doute la dernière.

Faut dire que toutes ces boîtes branchées... Moi, je suis classique. D'ailleurs, elle a remarqué, à propos du jour où je l'ai perdue dans la foule (je ne voulais pas rentrer dans la boutique où elle voulait s'offrir un bracelet garnie de têtes de clous) *Si vous étiez moins classique, vous ne m'auriez pas perdue !* Vrai, en plus... Je n'aime pas ce genre de pacotille à trois sous. Trois sous de trop. L'étonnant, c'est qu'elle porte ce bracelet. D'où mon étonnement ! Finalement, je le trouve plutôt pas mal.

Coupe de cheveux, complètement bont rhabillée. Pourquoi ? Quelle question ! Elle espère sa prochaine sortie.

Évidemment, je mène plusieurs batailles de front. Toutes ne sont pas gagnées. Et puis, on ne choisit pas... Avant, j'étais seul, vraiment seul. Soudain, changement de programme, toutes ces conquêtes me tombent dessus. Alors, il faut gérer... Tel un propriétaire qui aurait plusieurs locataires. Vraiment, je le plains. Aller pleurer chez l'un, chez l'autre. Pour récolter quoi ? Si encore l'argent rentrait tout seul. Non, il faut aller le chercher. Vraiment du mérite !

— Voilà, je suis là... J'étais partie voir mes sœurs s'exclame ma cléclette.

— Que font-elles ?

— Elles discutent...

— De quoi ?

— De rien...

Manquerait plus qu'elles aient un copain ! Ça aussi, un jour ou l'autre... Ah, vraiment la vie n'est pas facile ! Surtout en ce moment. Moral au plus bas. L'impression de ne plus m'y retrouver. Tel un tremblement de terre, tout bouge autour de moi. Déboussolé… Dire que j'aime la stabilité, lorsque les jours se suivent et se ressemblent...

— Tu dis *De rien...*

— Des bêtises. Elles parlent d'habits... Tu as l'air contrarié ! Mon petit papa.

Contrarié, voilà le mot. Et puis Claudia me pose des problèmes. Un jour ou l'autre, elle me sortira *Je ne reviendrai plus ! Moi, je m'occupe des filles et tu passes une soirée avec une chinoise ! Merde, alors !* Ah, pourquoi ne pas cacher cette carte ! Indispensable, Claudia. La soupape de sécurité. Je tiens le coup grâce à elle

— Oui, contrarié... L'impression que rien ne va plus.

— Ah, oui ! Je cherche le dessin. J'avais oublié...

La bonne époque. On allait chercher des pommes. On riait... Le départ de Géraldine... On en prend vraiment un coup. Fallait s'y attendre. D'ailleurs, elle attendait ce moment avec impatience.

Évidemment, elle pense à son avenir. Autres ambitions, autres projets. Comment lui reprocher ? Surtout avec trois enfants ! Une juge... Immédiatement, elle comprend le problème. Son dessin...

– Le dessin... Ça n'a pas l'air de t'intéresser !

– Ah, marre de tout ! Dis toujours... Alors, ta réflexion ?

Avec les enfants, pas une minute à soi ! Même pas le temps de broyer du noir. Obligé de les écouter, de rentrer dans leur jeu. Pas toujours envie. Faut s'y s'intéresser, malgré tout. La vie doit reprendre le dessus.

– Que dis-tu ?

– Qu'ici, avec la danseuse en robe rouge, on dirait toi...

– Comment ça ?

– Oui, regarde... Au début, la première fois... Elle était seule... Et maintenant... Oui, le personnage te ressemble. C'est toi... D'ailleurs, il porte une cravate.

Dans ce cas, effectivement... Ça ne peut-être que moi ! Charmant... Merci pour le raccourci.

Constamment, elle invente... Manière de s'exprimer, de créer. Quel métier exercera-t-elle plus tard ? L'autre jour, elle parlait d'écrire. Elle en serait encore bien capable. Inventer des histoires… Ainsi donnerait-elle libre cours à son imagination.

– Et tu nous vois danser !

– Elle semble heureuse et toi aussi... Attends, je vais lui mettre un coup de crayon. Tu vois mieux maintenant.

– Cette fois, oui. Évident ! Je me reconnais...

– Papa, c'est qui cette fille là ?

– Claudia !

– Non, une autre fille. Regarde ses longs cheveux noirs sa taille de guêpe. Très belle... Bon, je vais voir mes sœurs...

Ah, quel phénomène ! Elle invente... Pourtant, sa description reflète une certaine réalité. Cheveux noirs, taille fine. Très jolie. Pas de doute... De plus, elle me voit danser. Surtout, elle précise *Elle semble heureuse et toi aussi...*

– Dis à tes sœurs de venir me voir.

– Elles viennent de partir chez Véro. Papa, tu veux que je te fasse un autre dessin.

– Si tu veux !

Me voyant broyer du noir, elle cherche un moyen pour m'en extraire. Elle va dessiner, interpréter, chercher à donner un sens positif à ma vie. Son discours se révélera, pense-t-elle, suffisamment précis pour m'intéresser et, finalement, me libérer de l'angoisse. Comment l'interpréter autrement ? Pas de doute, les enfants souffrent de nous voir malheureux. Pauvre gamine ! Elle cherche un moyen pour me sortir d'affaire ! Mine de rien, sa danseuse espagnole à côté de laquelle je danse, m'interpelle. Comment sait-elle que je danse avec elle ? Je me pose des questions. Du coup, je me sens mieux. Légèrement mieux. De bonnes petites...

– Tu écris quoi ?

– Rien… Je broie du noir.

Bien sûr, il y a Maria. Dieu sait si je l'aime ! D'un amour tendre. Pourtant, perdre Géraldine... La voir partir, pour ne plus jamais revenir. Elle observe *Aux vacances...* Je réponds *Oui...* En réalité, terminé ! Fallait s'y attendre. À moins que le malheureux ne ferme les yeux définitivement. Pas à souhaiter ! Non, je préfère perdre Géraldine. Et puis, difficile de choisir. Moi, je ne peux pas. Toutes différentes, toutes indispensables. Y compris Claudia.

Ah, voilà les grandes !

– Papa, la maman de Véro demande si tu veux venir prendre l'apéritif !

– Pourquoi justement aujourd'hui !

– Annette nous a raconté...

– Pas vrai, j'ai rien dit...

Oui, les gamines se démènent... Elles se disent *Papa ne va pas bien. Prendre l'apéritif lui remontera le moral. Histoire de lui changer les idées !* Et puis, on ne sait jamais...

– Alors, tu viens... On allait chercher Véro. Et tout en allant, on se dit *Papa n'a pas le moral en ce moment !* Alors, elle t'invite... Elle dit *J'aimerais bien connaître votre papa !* Et tu sais, vraiment bien comme femme ! Pas très grande, bien faite. Quelques taches de rousseur sur le visage. Oui, très belle. Sûr, qu'elle te plairait...

– Une prochaine fois peut-être. Le départ de Géraldine... Je m'en remets difficilement. Et puis, pas l'intention de la remplacer. Elle restera toujours Géraldine. Ma bonne étoile...

Les femmes ne manquent pas... Bientôt, je revois Maria pour un tour en forêt. Évidemment, j'aime Maria au-dessus de tout. La femme de mes rêves. Géraldine représente mon porte-bonheur. Qu'adviendra-t-il, si elle reprend sa valise ? Le monde va-t-il s'écrouler autour de moi ?

Toujours, j'ai refusé de rencontrer la maman de Véro. Une fois, elle m'a téléphoné... Et les gamines l'ont invitée pendant mon absence pour lui montrer où dormait sa fille. Très confiante... Le comportement de mes filles la rassure probablement. En fait, je ne me pose pas la moindre question. En y réfléchissant, ça pourrait m'attirer des ennuis. Avec des enfants, on ne sait jamais. Non, je n'y pense pas. Et puis, elles s'arrangent entre gamines. Je n'y vois aucun mal. Véro a besoin de la compagnie des filles. Elle se sent bien, ici, à la maison. D'ailleurs une fois... Contrarié depuis. Oui, malgré tout. Je lavais les filles tous les soirs. Nues, debout dans la baignoire. Un coup de douche sur toutes les trois, avant de les laver l'une après l'autre au gant de toilettes. Puis rinçage. Alors, un jour, Véro se déshabille, monte dans la baignoire. Elle voulait aussi. Je lui dis *Tu veux que je te lave le bout du nez, les fesses et la zouzouille aussi.* De grands signes de tête. On a bien rigolé !

Pourtant, lorsque j'y pense ! Pas tranquille. Sur le coup, pour faire plaisir. Je n'y voyais pas de mal. Maintenant, c'est autre chose.

Autre surprise, personne n'en parle. La petite a-t-elle raconté à sa maman ? Assez gênant. En fait, je voudrais qu'elle sache… Rien à me reprocher !

    – Alors, tu viens... Je t'assure, vraiment belle !

    – Non, je préfère pas.

Pourquoi refuser de la rencontrer ? Difficile de répondre. Elle habite à deux pas de chez nous, à l'autre bout de la rue. Parfois, les filles me lancent *Si la maman de Véro venait habiter à la maison ! Véro deviendrait un peu notre petite sœur !* Elles ont vite fait de former des couples.

    – Vous lui direz *Une prochaine fois !*

    – Viens, écoute...

    – La semaine prochaine. Voilà...

    – Sûr, la semaine prochaine !

Qu'elles sont embêtantes ! Je songe *La semaine prochaine, elles n'y penseront plus.* En réalité, elles ne vont pas arrêter d'en parler. Déjà, quand je passe devant chez elle, elles s'exclament *Tu vois, elle habite ici !* Moi, je tourne la tête. Non, je ne veux pas la voir.

Évidemment, la petite m'appelle *Papa !* Uniquement, le soir dans son lit. Les grandes lancent *Bonne nuit, papa !* Alors, la petite les imite. Heureuse de prononcer ce mot *Papa.* Elle le dit plusieurs fois de suite *Papa ! Papa ! Papa !* Nous rions… Ça me touche, bien sûr. D'ailleurs depuis, je la regarde d'une manière différente. Pour un peu — vraiment quelle bêtise ! — je la considérerais comme ma propre fille. Et ça, les gamines le ressentent… La petite aussi, bien sûr.

Son père ne s'occupe pas d'elle. Jamais de vacances chez lui. Ainsi son comportement peut-il se comprendre. Oui, heureuse de prononcer ce mot *Papa.*

    – Bon, on lui dit quoi ?

    – La semaine prochaine...

– Sûr... C'est promis !

Ouf ! Les voilà parties. Et puis, en agissant ainsi, je me montre sous un meilleur jour. Pas celui d'un coureur de jupon. Elle va se dire *Vraiment quelqu'un de bien !* Un paumé ne perdrait pas une seconde. Il accourrait... Surtout si elle présente bien, comme l'affirment les gamines. Bref, encore une corde à mon arc. Soudain, meilleur moral. C'est vrai, elles n'ont pas tort les petites. Pourquoi pas !

8. Prendre de la hauteur

– Hein mon petit papa, que c'est moi que tu préfères !

– Et si tu arrêtais d'embêter tes sœurs...

– J'embête pas mes sœurs !

– Alors dis-moi, pourquoi je les entendais crier tout à l'heure ?

– Pas après moi. Non, tu te trompes !

Enfin, je ne suis pas idiot, elles en avaient contre quelqu'un. Même, qu'elles poussaient de drôles de cris. Je me suis dis *Ça barde !* Pas de cadeau entre frangines ! Inutile de s'en mêler. Les laisser régler le problème entre elles. Surveiller de loin...

Intervenir, revient à prendre parti pour un camp, ou pour un autre. Vengeance en perspective et, plus important encore, conflits à répétitions. Souvent, je m'exclame sans nommer personne *Ça va finir, oui !* Ainsi, se sentent-elles toutes concernées. Ah, il faut user de stratégie ! Et encore, souvent débordé.

Difficile à maîtriser les jeunes. Comme beaucoup de parents, je navigue à vue. Certains réussissent probablement mieux. Tout dépend du contact. Voilà, le maître mot, le *contact*. Les enfants exploitent les moindres faiblesses.

– Papa, j'ai demandé à mes sœurs.

– Et alors ? Contre qui criaient-elles ?

– Contre personne. Une pièce de théâtre.

– Du théâtre ! Drôle, ce que tu dis !

– Pourquoi, papa ?

– Parce que si... Ah, une idée ! Vous vous battez souvent...

– On se chamaille, oui. Tu sais, uniquement de leur faute. Elles ne veulent pas que...

– Va me les chercher !

Oui, il faut toujours inventer, toujours imaginer des jeux pour les intéresser. Souvent, je me laisse séduire par un projet, un simple projet. J'en parle, elles s'y intéressent... Pas grand chose, parfois. L'éducation passe aussi par le jeu. Imiter, se donner l'illusion de se retrouver en situation, dans la peau d'un personnage. Pour quel résultat ? Difficile à évaluer... Chaque expérience se révèle profitable.

– Tu nous appelles !

– Oui, une idée... Vous vous disputez souvent.

– Nous, non ! s'exclament-elles étonnées.

– Vous ne vous disputez pas ?

– Jamais...

Ah, la mauvaise foi ! Ah, la mise en boîte ! Uniquement pour me contrarier. Je les entends se disputer à longueur de journée. Parfois, l'une s'exclame *Je vais le dire à papa !* Alors, évidemment, à moi d'arrondir les angles, d'essuyer les larmes, de demander des explications. J'entends l'une, j'entends l'autre... Décider, prendre partie ? Toujours difficile... Suivent les reproches *Naturellement, à elle, tu ne dis rien !* Bref, les explications n'arrangent rien. Il en sort toujours des pleurs.

Du coup, il m'arrive de les envoyer balader, de lancer *Débrouillez-vous !* Curieusement, ça ne se passe assez bien. Elles finissent par ne plus y penser, par jouer ensemble.

Pas facile d'élever des enfants, surtout des filles. Toujours à pleurnicher. Surtout Valérie... Elle se plaint du comportement de sa grande sœur. Faut dire qu'elle exagère. Mademoiselle prend ses aises. Aux autres de la supporter...

On va me dire, pourquoi ne pas les laissez se débrouiller. Si ça se passe bien ! Presque mieux... Question de psychologie. Tout se joue en finesse. Quand je donne raison à l'une, l'autre peut se dire *Papa me comprend, mais pour calmer le jeu, pour éviter les histoires, il lui donne raison. En réalité, il sait très bien... D'ailleurs, c'est pourquoi il m'a serré l'épaule. Une manière de dire, qu'il comprenait.*

Bref, chacune se considère, secrètement *La chouchoute à papa*. Vrai, et faux. Vrai, parce je les aime toutes les trois. Faux, parce qu'il me serait insupportable d'avoir une petite préférée.

– Bon, imaginons... Vous vous chamaillez et, qu'à partir de cette scène, vous en tiriez un scénario.

– Que veux-tu dire ?

– Cette scène, vous l'apprenez par cœur pour la répéter et la jouer, à volonté. N'importe où, n'importe quand. Une pièce de théâtre, en quelque sorte.

– Pour la jouer où ?

– Je le répète, n'importe où. Dans une gare, où ailleurs. Une scène, dont vous connaîtriez chaque mot à l'avance.

– Reste à l'inventer ! s'exclament-elles en fronçant les sourcils.

– Justement, comme vous vous chipotez régulièrement. Vous choisissez la meilleure scène.

Projet intéressant. D'ailleurs, elles m'écoutent attentivement. Oui, elles cherchent à comprendre le fond de ma pensée. Mon objectif, les voir prendre du recul par rapport à certaines situations. Au lieu de les subir, les maîtriser (dans une certaine mesure). Si elles parvenaient à prendre de la hauteur... Elles pourraient tirer profit d'une telle expérience.

– Donc, tu dis...

– Lorsque vous vous chamaillez... Vous pourriez vous dire, tout en vous disputant *Tiens, cette scène mériterait d'être jouée !* Évidemment, il faut choisir un sujet intéressant, très riche...

– Pourquoi riche ? Et où trouver le sujet ?

– Justement, lors d'une dispute... Imaginons que Caroline doive lire un livre.

Oui, à l'école, les profs invitent leurs élèves à lire certains livres sur lesquels ils doivent rendre un devoir. Et naturellement, c'est toujours le dernier jour qu'on s'y intéresse. Surtout Caroline... Alors que le livre se trouve depuis plusieurs semaines sur sa table de chevet. En lisant un chapitre par semaine, elle s'imprégnerait du sujet. Non, le dernier jour. Et naturellement, pour parer au plus pressé, pour éviter une mauvaise note, je finis par lire le livre et par raconter l'histoire.

– Et alors...

– Alors, ta sœur prête le livre à une amie. Lorsque tu veux enfin le lire, toujours à la dernière minute, impossible de le retrouver. D'où une scène possible...

– Comme quand on se retrouve face à face... On invente un dialogue. Bon, on va faire la scène. Moi, je fais celle qui a besoin du livre. Valéry celle qui l'a prêté à une amie...

– Et moi, je fais quoi ? demande ma cléclette.

– Tu fais papa... Bon, on commence. Drôle, je ne retrouve plus mon livre ! Valéry, tu n'aurais pas vu mon livre ?

– Quel livre ?

– Il se trouvait sur ma table de nuit !

– Tu l'avais lu...

– Commencé, oui. Pas fini...

– Moi, j'ai prêté ! observe Valéry en mettant la main devant sa bouche.

– Malin ! Je fais quoi, maintenant ? Un devoir à rendre pour demain. Prêté à qui ?

– Anna-Line... Elle vient à la maison, repère le livre sur ta table de nuit. Bref, je lui prête. Moi, je pensais...

– La moindre des choses, m'en parler !

– Et moi, je joue quoi ? demande ma cabrette.

Évidemment, la gamine voudrait participer, elle-aussi. Surtout, ne pas prendre sa défense. Lui apprendre la patience. La vie n'est pas une partie de plaisir. Il faut savoir prendre des coups, et apprendre à se relever.

J'interviens :

– Tu vois, le ton monte... À mon avis, elles vont se disputer. Ton rôle... Intervenir pour calmer les esprits. Dire, par exemple *Alors, bientôt fini !* Mets-toi dans la cuisine, devant l'évier.

– Pour quoi faire, papa ?

– On imagine, tu prépares une salade pour midi. Donc, tout en lavant ta salade tu entends la dispute. Au fait, c'est quoi ce prénom Anna-Line ? Ça existe ?

– L'autre jour, au supermarché, tu passais les courses devant le lecteur, lorsque je te dis *Regarde, Iliane, la grande sœur de ma copine !* Oui, ce prénom existe...

– Me souviens pas ! Bon, reprenons...

– Je dis quoi ? demande ma cléclette.

– Tu cris *La foire !* Ça veut dire *On se croyait à la foire aux bestiaux !*

– Bon, je lave la salade.

– Attends que je t'explique. Partant de là, tes sœurs vont s'empresser de chercher à se justifier. N'oublie pas ! Tu es le père... Elles vont dire... *Papa, elle n'avait pas à...*

– Oui, je comprends. Bon, allez... Disputez-vous...

– Tu peux attendre... On va pas forcément se disputer bêtement. On n'est pas des robots. Et si on cherchait à comprendre !

Enfin, le début de la sagesse. Objectif recherché... Ne pas s'investir totalement, bêtement. Prendre le temps de sortir la tête de l'eau, de regarder autour de soi. L'autre, notre interlocuteur, n'a pas forcément tort. Il convient de l'écouter, de le laisser s'expliquer. Et surtout, de tenir compte de ses observations. Très important !

– Ça peut durer longtemps... En attendant, moi je ne joue pas ! Papa, moi, je ne joue pas ! s'exclame Annette.

– Ah, justement ! J'aurais voulu...

– Que veux-tu dire ?

– Actuellement, vous inventez une scène. Très bien ! Vous le faites d'ailleurs avec talent...

– Sauf, que je joue quoi ?

– Tu joueras tout à l'heure. Non, j'aurais voulu, à partir d'une scène réelle.

– Pareil... Quelle différence ?

Pas facile de leur expliquer qu'elles peuvent ainsi passer du rôle d'acteur à celui de spectateur. Bref, jeter un regard au-delà de la situation présente. Pareil... Non, ça ouvre des horizons. Ne pas s'enfermer et rester prisonnier d'un rôle.

– On ne comprend pas !

– Il faudrait... La scène devrait se montrer suffisamment intéressante pour chercher à la retenir. Supposons, pour prendre un exemple, je reprends la scène du livre...

– Un bon dialogue, pourtant !

– Mais inventé... Par contre, lorsque votre sœur intervient *Moi, je joue quoi !* Nous sommes dans le réel. Or, ce réel m'intéresse. Je m'explique... Oui, pas facile... Quand vous vous retrouvez en situation, à vous disputer, vous devez soudain prendre suffisamment de hauteur pour réaliser que cette scène pourrait devenir le scénario à retravailler...

– Dans ce cas, la réalité... On la déforme... Puisqu'on pense à plus tard, à cette scène qu'il nous faudra jouer !

Exactement, mon intention. Brusquement, alors qu'elles se chamaillent, elles doivent prendre conscience que la scène pourrait devenir l'objet d'un sketch. Par conséquent... Oui, prendre de la hauteur. Elles n'agissent plus instinctivement. Très bon, pour leur comportement !

Elles se tiennent là, autour de moi, à réfléchir. Caroline me regarde en fermant la moitié d'un œil, comme si elle cherchait à saisir le fond de ma pensée.

– Donc, ne pas inventer la scène comme d'habitude ! s'exclame Valérie.

– Un premier pas. Vous devez aller plus loin, au-delà du présent. La scène à jouer serait celle où votre sœur intervient *Et moi, je joue quand !*

– Comment savoir si la scène vaut la peine qu'on s'y intéresse, pour la jouer plus tard ?

– Justement... À un certain moment, vous devez vous dire *Tiens, cette scène, vraiment intéressante ! On pourrait la jouer plus tard !*

– Et ça change quoi ?

– Beaucoup... Au lieu de vous comporter bêtement, tels des robots.

– Le robot agit mécaniquement, sans penser

– Exactement votre comportement... Oui, souvent... Justement, il faut montrer un certain détachement par rapport à la situation présente. Ça change tout. Au lieu de rester prisonnières d'un rôle, vous vous situez au-delà. Parfois, justement, vous manquez discernement... Vous comprenez...

– D'après toi, on manque de discernement !

– La passion empêche de regarder autour de soi. Impossible, dans ces conditions, de jeter un regard critique sur vous-même.

– Comment, ça ?

Difficile de m'en sortir. Trop jeunes ! Moins jeunes, comprendraient-elles mieux ? Pas sûr...

– Que je vous explique... Quand vous faites quelque chose, vous vous impliquez entièrement.

– À l'école, on nous demande de nous concentrer.

– Sans doute... Pourtant, dès qu'une dispute éclate, plus rien n'existe autour de vous. Or, il faudrait que vous puissiez intervenir, à la manière d'un spectateur.

– Ça changerait quoi ?

– Tout, puisque... Bon, j'abandonne... Allez jouer...

Pas facile à expliquer. J'aimerais leur faire comprendre qu'elles ne doivent pas s'impliquer totalement. Surtout lors d'une dispute. Toujours laisser un coin de conscience en éveil : sens critique, discernement... On n'a pas toujours raison. Surtout lorsqu'on aborde la politique... Chacun avance ses arguments, sans jamais écouter l'autre. À bien réfléchir, toute idée mérite un examen attentif. D'où, totale incompréhension. Oui, manque de discernement, associé à une totale mauvaise foi.

J'aimerais leur inculquer... Se montrer suffisamment humble pour écouter l'autre. Bon, je raconte des bêtises. Dans la réalité ça fonctionne autrement. Chacun campe sur ses positions. Bien sûr, il faudrait essayer... Envers et contre tout !

– Alors, papa... Ton histoire ! Tu sais, on n'y comprend rien. Mais alors, vraiment rien.

– Pas grave. Ma faute, uniquement ma faute. Je ne sais pas m'expliquer.

– Important, de comprendre !

– Très important... Oui, ça change la vie. Et ces choses-là, ne s'apprennent pas sur les bancs de l'école. Se montrer humble, donner sa place à l'autre...

– Donner sa place à l'autre... Mais papa, supposons que ce soit toujours moi, dans un car, qui donne ma place à l'autre, à la vieille dame. Je me lève, les autres restent assis. À la limite on finira par se moquer de moi. Ou alors, mon geste deviendra tellement naturel que personne ne le remarquera. J'aurais toujours ma place debout. Tu comprends, mon petit papa ! C'est pourquoi, nous, on ne comprend pas ! s'exclame Caroline.

En réalité, le sujet se situait sur un autre plan. Pas grave... Encore que... Rester debout dans un car peut éveiller des vocations. Le bon exemple, il en sort toujours quelque chose. Parfois, plus tard, bien plus tard. Un jour, on se souvient de cet exemple et on l'applique.

On se retrouve alors, à son tour, seul contre les autres, sous des regards moqueurs. Sans rien exiger. Sachant qu'un jour, peut-être, quelqu'un d'autre prendra le relais. Justement, l'un de ceux qui paraissent aujourd'hui indifférents. Qui paraissent... On le l'est jamais totalement indifférent.

La leçon peut porter ses fruits. Il suffit de suivre le bon exemple. Si l'on pouvait se retourner on observerait, à notre grande surprise, que d'autres suivent la voie qu'on a tracée. Montrer le bon exemple, c'est toujours se retrouver seul face à la multitude.

— Non, j'aurais souhaité, que vous choisissiez une scène réelle, pour la jouer ensuite. Jusqu'à présent, vous inventez. Vous vous mettez au milieu de la cuisine et vous imaginez un dialogue. Vous n'êtes pas en situation réelle. Vous comprenez...

— Oui, on commence à comprendre. Donc, ne pas inventer. Scènes réelles à mémoriser pour les jouer plus tard.

— Exactement... Ah, cette fois vous comprenez ! Ouf !

— Tu nous regardes drôle !

— Je pensais que vous ne compreniez pas !

— Mais si, on comprend. T'inquiète pas... On va t'en trouver des scènes. On va les travailler et lorsqu'elles seront au point, on les jouera ailleurs qu'à la maison. Se préparer, ici, chez nous, pour les jouer à l'extérieur. Dans une gare, sur le trottoir. N'importe où...

— À condition, qu'au départ, il s'agisse d'une scène réelle, et non inventée.

— D'accord... Tu sais, on a compris. On n'est pas bêtes ! Allez, venez les sœurs...

9. Visite surprise

– Ça va, papa ?

– Oui, ça va...

– Tu sais, on a compris. Utiliser seulement des scènes vraies.

– Bon... Apparemment, vous comprenez...

Elles se tiennent derrière la porte, à la manière des Dalton. Nul doute qu'elles me préparent encore un coup fumant !

– Que du vrai... Hein, papa ! Que prépares-tu ?

Comme si qu'elles ne le voyaient pas. Mise en boîte uniquement.

– Que puis-je faire avec des œufs, de la farine ? À votre avis !

Et les voilà parties dans la cour. Je ne sais pas ce qu'elles manigancent, mais... Nul doute qu'elles préparent quelque chose. J'entends, la porte de la cour claquer. Elles s'exclament *Bonjour Géraldine* ! Ah, ces gamines ! Elles ne manquent pas d'imagination. Elles me font bien rire... Et naturellement le dialogue continue. Preuve qu'elles n'ont rien compris. Je leur demande de ne pas inventer, de travailler sur des scènes réelles.

– Géraldine, papa prépare un gâteau. Tu veux sauter à la corde avec nous ?

– Oui, d'accord...

Et en plus, elles l'imitent... De qui tiennent-elles pour raconter autant de bêtises ! Parfois, je me pose la question.

– Bon, tu as perdu. Tu as seulement trois points. Et surtout, ne prend pour prétexte, comme papa, qu'on tourne la corde deux fois trop vite.

– Papa dit ça !

– Oui, il dit ça. En plus, tu as apporté ta valise.

– Alors, papa, notre dialogue !

– Oui, très bien. Seul problème...

– Oui, explique-nous...

– Vous inventez... Enfin, bien malgré tout !

Elles ne comprennent pas. Il ne s'agit pas d'inventer un dialogue, mais d'utiliser à partir d'une scène réelle, un texte qu'elles reprendront par la suite.

Sinon, elles ne manquent pas d'idée ! Elles disent *Papa dit qu'on tourne la corde deux fois trop vite...* Évidemment, qu'elles la tournent trop vite ! Ça, elles m'attendent au tournant. Et naturellement, elles rigolent comme des folles tout en tournant la corde. Impossible de suivre. Ah, ces gamines !

– Alors, à toi Géraldine ! Un, deux, trois, quatre, cinq... Encore un effort, et tu vas battre papa. Lui qui dit qu'on tourne la corde deux fois plus vite !

– Et moi, qu'est-ce que je dis ?

– Tu demandes à Géraldine, si elle aime le gâteau de riz !

– Géraldine, tu aimes le gâteau de riz ? Parce que papa, nous prépare un gâteau de riz aux pommes. Tu aimes ? Oui... Bon, je vais le dire à papa.

– Papa, Géraldine aime le gâteau de riz. Elle a remué la tête, comme ça, quand je lui ai demandé.

– Vous n'avez rien compris. Vous imaginez...

Aujourd'hui, Géraldine se trouve au chevet de son ami. Elle m'a dit *Je pars demain matin et je rentrerai le soir !* Inutile de compter la voir. Sinon, nous pouvions l'inviter. Elle doit s'embêter à passer ses dimanches à l'hôpital. Si encore, ils pouvaient échanger quelques mots. Beaucoup de mérite. Moi j'admire... Personnellement, je n'aurais pas attendu. Ah, non !

Pourtant, elle tient parfois des propos *Vous n'avez jamais couché...* Ça ne se dit pas ! Mauvaises fréquentations du tribunal... On y rencontre quoi ? Des délinquants de la pire espèce. Alors, pour eux, je parle des magistrats, ces paroles deviennent banales. L'homme de la rue ne comprend plus.

Et pourtant, il faut lui rendre grâce, comportement exemplaire. Pas le moindre faux pas. Elle me fait rire avec ses *Oh non, pas ça !* N'empêche, je me pose parfois la question *Serait-elle encore pucelle ?* Après tout, pourquoi pas ! Les exemples ne manquent pas... Personnellement, je n'en connais pas. Mais, ça doit exister... Ah si, Maria ! Géraldine pourrait faire partie du lot.

Du coup, moi qui ne gagne jamais à rien, j'aurais tiré le gros lot. Une exception... Et je tombe dessus !

– Alors, papa...

– Alors quoi ! Oui, une impression de réalité. Demande à Géraldine, si elle aimerait prendre un café.

– J'y vais tout de suite !

Ah, ces gamines ! Elles s'amusent... Faut les entendre *Allez, Géraldine ! Allez, Géraldine !*

Elles n'ont rien compris... Moi, je souhaitais seulement qu'elles prennent de la hauteur. Lorsqu'elles jouent, ou se disputent, elles s'investissent totalement. Plus rien n'existe autour d'elles. Pas le temps de lever la tête, de s'interroger. Elles foncent tête baissée. Si encore elles avaient raison. Elles ne prennent pas le temps de se poser des questions. Voilà, le problème. La leçon d'aujourd'hui...

– Pour le café... Elle a répondu *Volontiers, tout à l'heure !* Et le gâteau de riz, papa ?

– Tout à l'heure, lui-aussi. Pour l'instant, tu vois, je recouds le bouton de ma veste.

J'ai deux vestes. Sur l'une, il manque un bouton. Toujours, je remets à plus tard le moment de le recoudre. Parfois, je la prends, pour m'exclamer *Zut ! Pas recousu...* Faut prendre, là comme ailleurs, le taureau par les cornes. On n'en parlera plus. Et puis, autre souci, la crainte de perdre le bouton. Du coup, obligé de les changer tous. Bouton décousu, lorsque je suis allé à Paris rejoindre Géraldine.

Depuis, je mettais toujours l'autre veste. Celle-ci restait dans la penderie. D'un seul coup, en cassant les œufs, je pense au bouton de la veste. Quel rapport ? Aucun... Quoiqu'il en soit, on n'en parlera plus. Ah, il est loin ce temps là ! Je parle de notre échappée à Paris. Bien fait d'en profiter. Quelle rigolade ! Géraldine, la reverra-t-on seulement ? Pas sûr... Toujours au chevet de son ami. Fini le temps où l'on buvait un chocolat ensemble à quatre heures.

Dans les poches... Tiens, je retrouve un ticket de caisse. Quatre boissons gratuites, grâce à cette histoire de sanglier. Plus le remboursement des entrées. Géraldine... Vraiment ma bonne étoile !

– Bon, on continue... Avec Géraldine ! On imite bien...
– L'impression qu'elle saute à la corde avec vous. Oui, très bien.
– Dommage, qu'elle ne veuille pas venir. Hein, mon petit papa !
– Que veux-tu, elle est... J'allais dire : un peu sotte !
– Donc, elle devrait bien sauter à la corde. J'en parle à mes sœurs !

Ah, celle là, elle n'en perd pas une... Et il faut l'entendre...

– Mes sœurs… Papa dit que Géraldine est un peu sotte ! Donc, donc, elle devrait bien sauter.

En attendant, elles s'amusent... Quand elles sont là, du matin au soir ! Et naturellement, elles ne savent pas jouer seules. Il faut toujours, surtout Annette, qu'elles me rapportent faits et gestes. Pas le temps de s'ennuyer avec elles. Obligé de participer à tous leurs jeux. Inutile de me rendre sur place, elles me rapportent tout en détail. D'ailleurs, ce bouton là... Vaut mieux le recoudre, lui-aussi. Lorsqu'on en perd un...

Très différent d'un couple. Les enfants embrassent le papa lorsqu'il rentre du travail, le soir. Non, pas la même complicité. Moi, sur le dos du matin au soir. Même la nuit... Quand, je me réveille, obligé de me lever pour Annette. Avec son pipi au lit... Pas tous les jours. Et alors, comme tous les enfants... Obligé de la porter, de l'asseoir sur le siège des toilettes. Puis, de la recoucher. Le lendemain, je m'exclame *Tu te souviens, cette nuit !* Non, elle dort... Elles dépendent entièrement de moi. Évidemment, ça créé des liens.

Et puis, je leur raconte des bêtises. On chahute... Trop ? Parfois, je m'interroge. En fait, je m'interroge continuellement. Le souci de toujours mieux faire. Et lorsque je les entends rire, je me dis *Tu es tout de même à l'origine de cet état d'esprit !* Satisfait, oui... Un peu fier aussi. Ce sont tout de même mes filles. Sinon, tous pareils, nous les parents. On aime nos enfants.

Je leur apprends surtout à ne pas mentir. À toujours dire la vérité. Les deux grandes... Rien à dire sur le sujet. Annette, très différente. Souvent, je la surprends à mentir. Elle répond *Pas vrai !* Alors que, visiblement, elle ment...

Bon, je continue à préparer mon gâteau de riz. Au moins le bouton de ma veste sera-t-il recousu ! Genre de besogne que l'on remet toujours à plus tard. Demain, toujours demain. J'y pense, oui j'y pense, au moment de prendre ma veste. Peu de chose, mais... Soudain soulagé, presque satisfait. Bref, content de moi.

Parfois, le moral tombe à zéro pour peu de chose. Surtout les boutons. On prend une chemise bien pliée. On l'enfile. Zut, manque un bouton ! Pas le temps de le recoudre. Obligé d'en prendre une autre. Très désagréable !

– Ça va, papa !
– Oui, ça va...
Et les revoilà à demi dissimulées derrière la porte. Position favorite, à m'observer...
– L'impression très nette que vous vous payez ma tête !

– Nous... On vient seulement regarder si le gâteau de riz se prépare. On dirait que tu as perdu la main !

– Comment ça !

– Tu vas venir, toi aussi, sauter à la corde avec Géraldine ?

– Vous trichez... Vous tournez la corde deux fois plus vite !

– Papa, pourquoi qu'elle ne veut pas venir à la maison, Géraldine ?

– Elle préfère vivre seule dans son appartement. Pourtant, ici, on
respire l'air pur de la campagne. Personnellement, je ne comprends
pas.

– Stupide, hein papa !

– Oui, stupide ! Et moins de charge. Pas de loyer à payer...

– Pourquoi tu regardes dans le living ?

Depuis, quelques jours, je me dis *Si elle ne veut pas dormir dans
mon lit, elle peut dormir dans le living.* Et je me plais à penser,
car j'aime la plaisanterie *Inutile d'acheter un matelas. On coud ensemble deux draps qu'on remplit de paille...*

– Tu penses à quoi ?

– Qu'elle pourrait coucher, ici. Regardez, dans ce coin...

– Et le lit ?

– On coud ensemble deux draps. On cherche un ballot de paille
chez le fermier. Et voilà... Surtout, la paille, ça tient chaud.

– Pourtant, un vrai lit, papa...

– Je crois qu'elle est un peu bête. Si vous donnez à un âne le
choix, entre dormir dans un lit ou sur la paille. Que préférera-t-il, à
votre avis ? La paille... D'ailleurs, depuis qu'elle répète *Je suis sur
la paille !*

– L'hôtel ça coûte cher !

– Ici, elle logeait gratuitement. Bon, le premier jour, il faut acheter le ballot de paille. Mais après, que d'économies !

– Ça coûte cher un ballot de paille ?

– Moins cher qu'une chambre d'hôtel. Non, elle ne sait pas se gérer. Pas bon, les longues études. La tête pleine de bêtises. Surtout,

aucune jugeote. Si les vieux d'autrefois manquaient d'instruction, ils savaient au moins se diriger. D'ailleurs, ils l'observaient déjà à l'époque *Les études, ça monte à la tête !* Certains couchaient sur la paille, je parle des vieux, le portefeuille bien garni. Ah, la pauvre fille ! Et vous, ne rigolez pas. Vraiment pas drôle ! Même bien malheureux de se retrouver dans une telle situation.

– *Oh non, pas ça !* Hein, papa...

– Encore un autre problème ! Sûr, qu'elle ferait mieux de coucher.

– Dans la paille !

– Certainement. Je lui demanderais quoi, comme loyer ? Rien... Elle pourrait même coucher au grenier. Au cas, où elle pourrait craindre...

– Avec le revenant !

– Justement, il pourrait la conseiller. Que lui manque-t-il ? Surtout du plomb dans la tête !

N'empêche qu'avec le bout de feutre sous sa jambe de bois, on l'entend plus. Pas grand chose parfois, pour soulager son prochain. Et nous soulager du même coup. Appréciable...

– Ça va papa !

– Mais... Mais... Géraldine ! Ah quelle...

Oui, quelle surprise ! Au point de lâcher mon plat. Et alors, de la fenêtre où elle se tient, elle me montre du doigt... Aurait-elle entendu quelque chose ? Avec tout ce que j'ai raconté ! Et naturellement, les gamines rient à gorges déployées. Ah, je comprends maintenant ! Elles me mènent en bateau depuis le début.

– Pourquoi ne m'avez-vous rien dit ?

– Tu voulais une scène réelle. Tu vois, on n'inventait pas. Parfaitement bien compris, le message.

Enfin, Géraldine s'avance vers moi, souriante.

– Ah, il faut vous entendre parler, derrière mon dos ! Vous me feriez dormir sur un ballot de paille ! Là, vraiment, je découvre votre vrai visage !

– Je...

– Ne dites rien... Géraldine est sotte. Géraldine est bête. Géraldine ne sait pas se gérer.

– Pardonnez-moi...

Enfin, on s'embrasse... Bon caractère... Une autre, à sa place, serait partie en claquant la porte. Faut dire que... Oui, j'exagère !

– Rassurez-vous... Géraldine à suffisamment d'esprit pour comprendre la plaisanterie. Elle sait pardonner.

– Depuis quand, êtes vous là !

– Depuis le début... J'ai tout entendu. Ah, vous ne m'épargnez pas ! À vos yeux, j'incarne la bêtise.

Et voilà qu'elles se mettent à rire, à me...

– Pourquoi tous ces rires ? Vous n'allez tout de même pas dire que derrière mon dos, vous en dites autant de moi !

– Nous, on ne dit rien. Enfin, on a tout de même bien rigolé. De t'entendre...

– Géraldine, vous n'êtes pas fâchée ?

– Je connais votre tournure d'esprit... Vous n'en pensez pas un mot. Non, vous aimez rire. Malgré tout, il vous arrive de pousser le bouchon vraiment loin. Vous ne pensez pas !

– Si... Vraiment très confus. Et vous, vous ne pouviez pas me prévenir, m'adresser un signe. Ah, pour les bêtises, vous n'êtes pas les dernières !

– Tu voulais du vrai...

L'impression que cette péripétie va laisser des traces. *Poussé le bouchon un peu loin !* On ne saurait mieux dire...

Avec les gamines, je me laisse aller à raconter n'importe quoi. Voilà le problème. Dans un couple normal ce genre de dérive n'existe pas. Le papa tient son rôle de père. Il intervient très peu... À l'occasion, lorsque les enfants ne sont pas sages, la maman s'exclame *Je le dirai à votre père !*

Oui, rapports complètement différents... Et puis, je m'amuse. Non, pas seulement... Je leur raconte des bêtises pour leur permettre de prendre la vie du bon côté.

10. En forêt (Maria)

– Non, je suis Josépha...

– Excusez-moi !

– Vous êtes tout excusé. Maria est partie chercher du pain avec maman. Elle revient...

– Je voulais vous dire... Toute cette histoire me rend fort mal à l'aise. Aller me promener en forêt avec votre sœur me donne la fâcheuse impression d'une entente coupable derrière son dos.

Tout en parlant, nous nous dirigeons vers la maison. Au passage, j'admire combien les moindres détails font l'objet d'un soin particulier. Carrelage, haies, rien n'est laissé au hasard. Ainsi, j'observe, sur la façade nouvellement repeinte, le rebord des fenêtres recouvert d'une peinture brillante, lavable, pour éviter à la saleté de se déposer.

Sans doute, la Mama y donne-t-elle un coup d'éponge humide toutes les semaines. Pas la moindre trace de salissure ! Les plantes alignées dans les parterres attendent le printemps, bien à l'abri sous de gros capuchons en plastique de couleur verte avec tout autour, sur les côtés, de petits trous aménagés de telle sorte que l'eau ne puisse s'infiltrer. Et permettre ainsi le passage d'une quantité d'air suffisante pour sécher le tapis de feuilles sous lequel elles reposent...

– Je comprends votre position. Rassurez-vous, Maria est ma sœur jumelle. Non, aucune entente derrière son dos. Le psy est formel, si elle ne retrouve pas l'amour d'un homme au plus vite, elle risque d'en souffrir toute sa vie. Vous ne voulez pas qu'elle soit malheureuse ! Vous voulez l'aider !

– Je l'aime, mais... La désagréable impression d'abuser de la situation. Évidemment, je veux l'aider !

– Alors, soyez sans scrupule. Vous savez, nous en discutons ensemble toutes les deux. Encore une fois, nous sommes jumelles. Et je me rends bien compte, moi qui la connais mieux que personne, qu'elle garde de cette malheureuse expérience, de lourdes séquelles. Bien sûr, elle se croit guérie. Pour elle, cette histoire de psy relève de la bêtise, de l'enfantillage. Non, encore une fois, n'ayez pas de scrupules. D'ailleurs, une promenade en forêt, ne serait-ce que pour prendre l'air... Elles ne devraient pas tarder !

– Malgré tout... Enfin, s'il le faut !

– Bon, les voilà ! Oui, il le faut. Aidez-nous... Aimez-là...

Elle met sa main sur mon épaule. Évidemment, si l'on me prend par les sentiments ! C'est tout juste, si elle ne me dit pas *Allez-y, sautez-la bien comme il faut !* Drôle de situation ! Je n'aime pas abuser...

Enfin, la petite porte de la terrasse s'ouvre, elles apparaissent souriantes :

– Jé lé disais à Maria...

– Seulement depuis quelques minutes ! observe Josépha.

Maria vient se serrer contre moi. Puis, elle me regarde bien en face, avant de coller ses lèvres sur les miennes. Évidemment, sa maman sourit, heureuse du spectacle :

– Cé lé grand amour !

Enfin, nous partons... Même itinéraire que la fois précédente. Pour nous retrouver presque au même endroit. L'impression de reconnaître les lieux. En fait, la forêt se montre si vaste, les routes si nombreuses... Oui, nous étions là... Ici, quelque part. D'abord, nous avons cherché à retrouver l'emplacement exact. Puis, nous nous sommes garés, avant de s'embrasser un long moment. Des mots d'amour... Quelques larmes, sans trop savoir pourquoi. Quel bonheur de se retrouver, de pouvoir se serrer l'un contre l'autre.

Bientôt, nous chahutons jusqu'à s'inventer des jeux. Je dois l'attraper. Alors, elle court, s'essouffle, attrape chaud. Enfin, on marche l'un près de l'autre, un long moment...

– Vous me trouvez guérie ?

– Pour moi, vous n'êtes pas malade. Le psy craint qu'images et souvenirs vous reviennent en mémoire. Traumatisme à ne pas prendre à la légère. À quoi pensez-vous en ce moment ?

– Rendue compte de rien. Nous nous aimions. Et puis, il appartenait à un milieu aisé, très cultivé. Fier de me montrer à son entourage, à ses copains. Tout allait bien, jusqu'au mariage... En réalité, et j'y pense souvent depuis. En parlant de pensées obsédantes, l'une d'elles ne cesse de me revenir... Déjà avant le mariage.

Elle se réfugie dans mes bras, pour verser quelques larmes. Évidemment, je me garde de l'interroger. Elle doit parler d'elle-même, sans la moindre contrainte.

– Beaucoup s'imagine que ma nuit de noces fut la plus traumatisante. Bien sûr, je me suis interrogée lorsqu'il a pris un oreiller pour se coucher sur la carpette au pied du lit. Au lieu de s'étendre près de moi...

– Pas le plus traumatisant !

– Bien avant... Presque au début de notre rencontre. Nous nous embrassions sur la bouche comme des amoureux. Un jour...

– Ça se passait où ?

– L'endroit n'a pas tellement d'importance. Je me souviens d'un vaste local, de grandes baies vitrées. Alors, qu'on s'embrassait... Brusquement, l'impression qu'il voulait... Une envie de vomir...

– Vous êtes sûre ?

– Oui, il m'a embrassé. Puis, un haut de cœur. Ça lui a remonté...

Comment est-ce possible ? Nous évoquons parfois ces marginaux, à travers des caricatures, uniquement pour blaguer. Pourtant, pas drôle ! Ils devraient rester à l'écart, dans leur univers, sans jamais descendre dans le nôtre. Se marier revient à foncer droit dans le mur. Difficile à comprendre !

– Comment l'avez-vous interprété.

– Immédiatement, j'ai compris. Je me suis exclamée en moi-même *Je lui dégoûte à ce point !*

– Vous avez pensez ça ! Vous ne vous êtes pas dit, qu'il pouvait avoir mal digéré !

– Il m'en aurait parlé. Non, l'impression... Oui, une envie de vomir au moment de m'embrasser.

– Très vite, vous pensez qu'il s'agit d'autre chose.

– Absolument pas. Depuis, je ne cesse d'y penser. Avant le mariage, pendant, et après naturellement. Chose curieuse, jamais ça ne s'est reproduit... Pourtant...

– Oui, pourtant...

– Parfois, il restait immobile de longs moments. Je lui devinais une sensation d'écœurement. Le haut de cœur en moins.

– Vous le ressentiez ainsi...

– Très nettement, oui.

– Et pourquoi ne pas réagir.

– Comment imaginer que je puisse susciter un tel dégoût !

Elle se réfugie à nouveau dans mes bras en versant des larmes. Oui, problème... Et comme l'observe le psy, il faut agir au plus vite. L'impression qu'un homme ne puisse pas l'aimer, qu'elle puisse inspirer du dégoût... Très grave !

– Donc, depuis le début, vous saviez qu'il éprouvait de l'écœurement en votre présence.

– Absolument... En même temps... D'autant qu'il affirmait m'aimer. Oui, il m'aimait, à sa façon... Quand je me suis déshabillée un soir, avant notre mariage, il a détourné les yeux. Non, il ne pouvait pas me regarder.

– Incroyable ! Le lendemain...

– Il se conduisait tout à fait normalement. Il paraissait heureux de m'avoir à son bras. Tout marchait bien entre nous. Sauf au lit...

Eh ben ! On aura vraiment tout vu ! Une si jolie fille... Ça pour être belle, elle est belle. À en perdre la tête...

Troublé par ses confidences, je la serre contre moi. Difficile à imaginer. Quels dégâts ! Puis, je cherche ses lèvres. Enfin, je lui déclare ma flamme. Des paroles sorties tout droit du cœur :

— Moi, je vous aime... J'éprouve beaucoup de plaisir à vous embrasser. Le contraire de l'écœurement. Bonheur, jouissance. S'il ne tenait qu'à moi, je vous embrasserais du matin au soir.

— Vous éprouvez du désir en me voyant ?

La pauvre... Quelle question ! De ce côté là, elle peut être rassurée. Vraiment, incroyable... Comment peut-elle poser cette question ? Faut se mettre à sa place. Se marier, porter une robe blanche, sourire aux invités, cible des photographes... Sûrement un grand mariage, d'après la position des parents. Puis se retrouver seule, humiliée, jusqu'à se sentir fautive. Oui, coupable. La grande mode, aujourd'hui. La victime se retrouve souvent montrée du doigt.

— Moi, le problème... J'éprouve des scrupules... Celui d'abuser de la situation. Votre pucelage, par exemple... Non, je ne pourrais pas.

— Différent pour moi... Je crains que vous n'ayez pas envie de moi.

— De ce côté là, soyez tranquille. L'envie ne me manque pas.

— Vous me croyez guérie ?

— En même temps... Se sentir un objet de dégoût, d'écœurement. Surtout sur une période aussi longue et d'une manière aussi persistante. Puisque vous dites, que dès le début...

— Oui, dès le début, j'ai compris que je représentais pour lui qu'un objet de dégoût. Ça me semblait naturel.

— Naturel ! Pas du tout... Lorsqu'on embrasse une fille, on sent monter en soi des désirs, bien sûr... Surtout, de l'amour. Comment expliquer ? L'amour physique passe après. Venez, allons dans la voiture.

Cette fois, nous nous installons sur la banquette arrière. J'ai emporté une couverture. Puis une fois les portes fermées. Tout se passe pour le mieux. Très important, qu'elle arrive jusqu'au plaisir.

Un moment plus tard...
— Comment m'avez-vous trouvée ?
— Merveilleuse ! À moins de jouer la comédie, vous êtes allée... Très important, en la circonstance.
— De mon côté, assez mal à l'aise. Ne serions-nous pas en train de commettre des actes contraires à la morale ?
— Contraires à la morale ! Nous nous aimons, tout simplement. Se couvrir mutuellement de baisers, se caresser. Non, rien d'interdit. Et s'il fallait entendre... Pardonnez-moi...
— Vous voulez dire que d'après ma sœur, il faudrait aller plus loin !
— Pour votre bien. Non, s'aimer suffit. L'important, éprouver du plaisir en présence de l'autre.
— Vous ne ressentez pas une impression d'écœurement !
— Maria... Le contraire... L'envie de vous manger toute crue.
— En clair ?
— Quand je vous prends dans mes bras, j'éprouve du plaisir, des désirs... Une sensation de bonheur.
— Vous savez, je veux me montrer sincère, j'ai déjà eu quelques flirts. Et j'éprouvais ce genre de sensations. Oui, des désirs... Surtout lorsque les garçons me caressaient... Jamais je ne suis allée aussi loin. La dernière fois, vous vous souvenez...
— Vous en aviez envie !
— Oui, j'en avais envie. Vous me faites dire des choses ! s'exclame-t-elle en riant.
— Normal...
— Sans doute... Oser le dire, me fait drôle. Reposez-moi la question.
— Vous en aviez très envie ?
— Oui, j'en avais très envie ! s'exclame-t-elle en se blottissant dans mes bras.

Merveilleuse ! Difficile d'exprimer le plaisir de se retrouver auprès d'une telle fille. Elle me donne une sensation de fraîcheur. À peine écornée par la vie.

Bientôt, elle verse quelques larmes. Avant d'éclater de rire et de déclarer :

– Je suis bête ! Normalement, ces choses là ne s'avouent pas. On le fait sans donner la moindre explication.

– On peut aussi le dire. Lorsqu'on dit les choses, ça permet aussi de guérir. En la circonstance, si vous en aviez réellement envie. Plutôt bon signe... Alors, vous en aviez réellement envie ?

– En même temps, lorsqu'il faut le faire. Difficile...

– Normal, la première fois. Vraiment la toute première fois ?

– Je vous assure que oui.

– Oui, normal... Je voudrais vous poser une question, mais...

– Indiscrète ! Allez-y, puisque c'est pour mon bien.

– Finalement, je préfère ne pas vous la poser.

– Vraiment, indiscrète ? S'il le faut ! observe-elle en se blottissant contre moi.

Non, je préfère pas. Au point de me rendre soudain mal à l'aise. Évidemment, pour son bien. Malgré tout... Dans des conditions normales, jamais... Nécessaire, en la circonstance. Presque une obligation. Pour se libérer, dénouer certaines difficultés. Puisque difficultés il y a... Personnellement, je serais tenté d'affirmer le contraire. Je la trouve tellement épanouie. Elle respire le bonheur, la joie de vivre. Pourtant, nul doute, que ce mariage raté laisse des traces. Comment pourrait-il en être autrement ?

– Pardonnez-moi, je préfère pas.

– Vous pouvez… Embrassez-moi, pour me donner du courage.

– Non, non… Si vous étiez en mauvaise état, oui. Mais là…

– Vous me trouvez guérie ?

– Pour moi, vous êtes guérie. Enfin, le psy a raison de prendre des précautions. Sait-on jamais !

– Vous vouliez peut-être me demander si j'ai des fantasmes ?

– Un peu ça…

– Justement, ça m'inquiète... Je prends moins de plaisir qu'à travers mes fantasmes.

– Normal... Oui, très normal... Le temps de s'habituer, de surmonter les barrières de la pudeur...

– Vous pensez ?

– Certainement...

– Mon mari m'aimait, sans me vouloir.

– Il ne vous aimait pas. Sinon, en amie (je pense à Géraldine). Il ne vous désirez pas. Vous comprenez... Lorsque l'on aime vraiment, on éprouve des désirs. Pourtant, ces désirs, il faut les maîtriser, les contenir par amour pour l'autre.

– Aimer et désirer vont ensemble.

– Oui... Aimer demande des sacrifices. Par exemple, vous me dites *Voulez-vous que...* Je réponds *Non.* Par respect et pour vous témoigner mon amour. Je vous aime et l'envie ne me manque pas. Bien sûr, s'il le fallait... En la circonstance... Pas suffisamment malade.

Et même, pas malade du tout. En apparence... Si je ne connaissais pas le problème. Vraiment, indécelable. Comment imaginer en la regardant... Rien, pas la moindre trace. En réalité, la blessure se dissimule dans de profonds replis. Chairs déchirées, meurtries par un imbécile. Il n'y a pas d'autre mot. Pourquoi se marier ? Il devait garder ses distances. La moindre des choses. Peut-être ne savait-il pas !

Il pensait qu'en se mariant... Difficile de juger, de se mettre à sa place. Que peut-il éprouver en ce moment ? Aller jusqu'au mariage ! Séduit, par sa beauté. Est-il malheureux ? Va-t-il jusqu'à rire au milieu de ses copains. Je ne pense pas. Dépassé par les événements !

Lui a-t-on conseillé *Tu sais, tu commets une bêtise !* Oui, son entourage immédiat aura cherché à l'avertir. Pourquoi persister ? Jamais nous ne connaîtrons la clé de ce mystère. Pour nous, il habite sur une autre planète.

– Vous savez, je ne sais plus où j'en suis. On me dit *Fait ceci ! Fait cela ! Laisse-toi faire...* Avant, j'étais comme tout le monde. Aujourd'hui, aucun repère. Mariée, mon mari me rejette. Heureusement, vous êtes là ! Surtout, j'apprécie votre gentillesse. Celle de me ménager, de prendre des égards. Un autre ne prendrait aucune précaution. Il abuserait de moi. Au point ou j'en suis, je serais capable de faire n'importe quoi.

– Je vous ménage, parce que je vous aime... La fois précédente, il fallait parer au plus pressé. Aujourd'hui, je mesure la situation avec justesse et discernement. De mon point de vue, vous n'avez rien. Ainsi dois-je adapter mon comportement. Avec respect...

– Tout en ayant des désirs ! s'exclame-t-elle en riant.

– Encore une fois, la situation n'exige nullement de passer à l'acte. Le fait de se retrouver, de s'embrasser, de se désirer... Très vite, vous allez retrouver votre équilibre.

– Tout se brouille dans ma tête. Que dois-je faire ? Blessée, mais récupérable... Qu'en pensez-vous ?

– Je veux bien vous récupérer. Une bonne affaire, dis-je en riant.

Oui, excellente affaire ! La meilleure que je puisse m'offrir. Reste le problème des trois filles. Impossible de m'en séparer. La question se pose-t-elle ? Elles se retrouveraient en foyer d'accueil. Souvent, elles m'en parlent... La grande crainte. Construire son bonheur dans de telles conditions. Non, merci.

J'imagine la scène, au moment de la visite hebdomadaire *Tu nous ramènes quand ?* Obligé de mentir, de répondre *Bientôt ! Patientez encore un peu...* Et puis, les pleurs au moment de partir. Cruel dilemme, insupportable. Ça n'irait qu'un temps. Tourments, cauchemars... Oui, elles me manqueraient... Ne plus les apercevoir à la porte de la cuisine, à se tenir l'une en dessous de l'autre à la manière des Dalton, à me lancer des *Ça va papa !* Non, ça n'irait vraiment plus !

– Comment me trouvez-vous ?

– Pour moi, vous êtes la plus merveilleuse des filles.

– Pourquoi ?

– Déjà, vous êtes jolie.

– Ça ne fait pas tout...

– Ça aide... Et puis, vous me plaisez... Vos yeux, vos cheveux, votre silhouette, votre manière d'être. Tout me ravi...

– Capable de faire une bêtise pour moi.

– Et même, une grosse bêtise. Celle de me mettre la corde au cou, de vous épouser.

– Lorsque vous avez vu ma sœur pour la première fois !

– Coup de foudre... D'autant plus beau, qu'elle me paraissait inaccessible. Quelqu'un se charge de m'avertir. Mariée...

Soudain, elle s'exclame :

– Et si nous en profitions... Puisque tout le monde suggère qu'il faut !

– Ouf ! Sorti de la galère...

– Pourquoi, sorti de la galère ?

– Je ne savais plus comment m'en sortir. Merci... Merci...

– Je ne comprends pas ?

– Vous êtes guérie, tout simplement !

J'ignore pourquoi, paupières lourdes... L'envie de la serrer contre moi et de m'endormir. Du coup, je baisse la vitre de quelques centimètres et lui demande d'en faire autant de son côté. Pas le moment de s'asphyxier. Puis serrés, enlacés, nous cherchons nos lèvres et l'on s'endort. Quel bonheur !

Faudrait lui parler de mes filles. Peut-être comprendrait-elle ? Ou, peut-être pas. Parfois, on croit, on croit... Lorsqu'arrive la désillusion. Combien de fois ne l'ai-je pas observé. Pas toujours payant de se montrer honnête, sincère ! Aussitôt, retournement situation. Ou alors, elle peut garder le silence. Jusqu'à me flatter. *Très courageux d'élever, seul, trois filles. Quel mérite !*

Lentement, très lentement... Elle multipliera les prétextes... Repas mensuel ! Pas libre. Bref, je comprendrai peu à peu, que nous ne partagerons jamais le même toit. Inutile de me donner des explications. Non, je ne chercherai pas à m'accrocher. Discrètement, je m'éloignerai sur la pointe des pieds. Pas facile d'être père !

En attendant, je devrais... N'a-t-elle pas dit *Et si nous en profitions... Puisque tout le monde suggère qu'il faut* ! C'est vrai, quartier libre. Une telle situation ne se présentera pas de sitôt. En fait, si je comprends bien, il lui faudrait revivre sa nuit de noces, une vraie nuit de noces.

Habituellement, le lendemain, la maman demande à sa fille *Alors, tout s'est bien passé* ! La fille répond *Oui, très bien.* Ces quelques mots permettent de rassurer, de comprendre. Surtout autrefois où la fille arrivait au mariage avec son pucelage. Aujourd'hui, terminé. D'ailleurs, les futurs mariés vivent en couple souvent depuis plusieurs années. Non, ce n'est plus des mariages comme on le concevait autrefois. À la limite, ce n'est plus un mariage. Ça ressemble à quoi ! Je le répète, autrefois, la fille était vierge. Comme en Espagne finalement. La tradition... D'où cette cérémonie à l'église, les invités et, enfin, la nuit de noces.

Puisqu'elle est mariée... Oui, une femme mariée, comme elle l'observe *Et si nous en profitions... Puisque tout le monde suggère qu'il faut* ! Je ne pourrais pas. J'aurais trop l'impression d'abuser de la situation. Évidemment, qu'un autre à ma place...

11. Le psy

Je m'allonge… Moment de silence, lorsque le psy demande :

– Que représente pour vous Maria ?

– Mon idéal de femme. Tout ce que j'aime. Belle, agréable, sérieuse...

– Elle sort peu !

– Éducation très serrée. Loisirs passés à broder. Bien sûr, quelques flirts...

– Elle vous plait ?

– Beaucoup, oui. Problème, elle ne sait pas pour mes filles...

Si elle savait, la situation pourrait dégénérer jusqu'à entraîner une rupture immédiate. D'ailleurs, il faut comprendre. De quoi rêve-t-elle ? Sinon de fonder une famille, d'avoir des enfants. D'autant qu'elle le mérite. La prévenir ! Difficile de m'y résoudre. Trop dur... Le rêve pourrait s'interrompre brutalement. Certes, il ne se prolongera pas indéfiniment. En attendant, j'en profite malgré tout.

En ce moment, une idée me traverse l'esprit... Je pense qu'ils savent pour mes filles. Le contraire me semble impossible. Généralement, les parents posent des questions sur la position de famille, le métier. Ici, rien. Donc, on m'utilise uniquement pour tenir un rôle, celui de coucher... Pour lui épargner un traumatisme invalidant. Le psy n'a-t-il pas prononcé le mot *urgence*. L'homme de la rue ne comprend pas ces problèmes. Pour lui, cet épisode n'a aucune importance. Elle se marie avec un homme. Ça ne marche pas. Qu'importe, elle retrouve quelqu'un d'autre. Les séquelles n'existent pas. D'ailleurs, je ne demande si Géraldine avec ses *Oh non, pas ça !* Oui, fort possible !

— Comment voyez-vous l'avenir ?

— Avec mes trois filles... Pour l'instant, je ne me pose pas de questions.

— Vous pensez à une rupture !

— Oui, j'y pense. Une évidence...

— Comment pourrait-elle se produire ?

— Très simplement. Un jour, je la trouverai en présence d'un homme avec lequel elle partagera la même passion. Exemple, échanger des timbres. Puis, elle me délaissera... Oui, rupture sans heurt. D'ailleurs, que puis-je imposer ?

— Finalement, vous êtes quoi pour elle ?

— Rien... Mariée à un homosexuel pendant trois semaines, mon rôle consiste à la sortir de l'ornière au plus vite. Elle reste sous le choc.

En tant que psy, il devrait comprendre la gravité du problème,

Évidemment, certaines questions se posent... On ne se retrouve pas par hasard à la Mairie ! Sans doute, grosse déception pour lui-aussi. Très douloureux ! Il peut en ressortir fort perturbé.

Quoiqu'il en soit, elle doit repartir sur des bases saines. Trop pure, trop fraîche, pour supporter une telle mésaventure. Sans doute l'aimait-il à sa manière. Fier de l'avoir à son bras, au point d'oublier son homosexualité.

— Pourquoi vous choisir ?

Ah, la grande question ! Pourquoi me choisir ? Parce que je regarde les femmes. J'allais ajouter : surtout lorsqu'elles sont jolies. Non, lorsqu'elles me plaisent. Le lecteur appréciera la nuance. Et puisqu'il y a plusieurs façons de plaire. Toutes les femmes sont belles !

La première fois que j'en tire un avantage. Habituellement... Jeter un regard trop appuyé sur une femme, surtout mariée. Elle me fait de gros yeux. Obligé de regarder ailleurs. En réalité, plus je m'efforce... Il vaut mieux changer de place. En fait, je m'intéresse à une femme lorsqu'elle possède un petit quelque chose qui attire le regard, qui la rend soudain intéressante (à mes yeux). Pour certaines, facile d'en faire le tour. Pour d'autres, plus difficile. Alors, je me laisse aller à des impressions comme si, derrière les apparences, se cachait un mystère que je m'efforce de découvrir.

– Donc, vous pensez qu'on vous utilise pour une fonction bien précise. Gommer de son esprit une expérience douloureuse. Lui redonner le goût des hommes...

– Sinon, on m'aurait interrogé : situation de famille, profession.

– L'avez-vous interrogé sur son travail ? Elle n'a pas d'enfant ?

– Je pense que... Non, puisque pucelle.

– Elle vous l'a dit ?

– Pour eux, la tradition. Sa maman veille au grain. Sa sœur aussi, d'ailleurs...

– Comment le savez-vous ?

– Quand je suis revenu de la forêt, Maria s'est exclamée *Puisqu'il fallait, c'est fait. Tu es contente !* Sa sœur a changé de couleur, avant de lancer *Maria, tu n'as pas perdu ton pucelage !*

– Qu'a-t-elle répondu ?

Ils veulent tout savoir, les psys... Surtout les histoires un tantinet croustillantes.

– *Je ne suis pas allée jusque là !* Elle ne peut pas. D'ailleurs, moi-même... Elle m'en voudrait à vie. Jamais elle ne me le pardonnerait...

– Vous pensez réellement qu'elle vous manipule !

– Non... Je la crois sincère. Personne ne joue la comédie ! Des gens droits, honnêtes.

Oui, droits, honnêtes, incapables de commettre la moindre indélicatesse. Âme à l'image de leur maison. Très belle, sans la moindre tache. Des défauts, comme tout le monde. Mais supportables. Rien d'insurmontable ! Malgré tout, pourquoi ne pas m'interroger sur ma situation familiale. D'où le problème. Oui, malgré tout !

– Parlons de Géraldine...

– Elle retournera dans sa région lorsque son ami sortira du coma.

– Et s'il ne sort pas du coma ?

– Elle partira malgré tout. Son pays, le bordelais, compte beaucoup pour elle. Non, elle ne restera pas ici.

– Vous représentez quoi, pour elle ?

– Un soutien... Elle sait qu'elle peut compter sur moi. Une aide, en cas de besoin.

– Vous ne lui demandez rien en échange.

– Surtout pas. Geste sans aucune contrepartie. D'ailleurs, je souhaite qu'elle retrouve sa place au milieu des siens. Je dois penser à elle, à son bonheur. Pas au mien.

Il pourrait dire *Vous savez, certaines personnes quittent leur région d'origine. Pour ne jamais y retourner.* L'impression qu'il ne l'apprécie pas. S'il savait qu'elle exerce le métier de juge, sans doute changerait-il d'opinion. Ces gens là se serrent les coudes. D'autant, qu'une affiche dans la salle d'attente attire chaque fois mon attention : *expert auprès des tribunaux.* Surtout ne rien dire ! Ils pourraient se connaître...

– Que représente-t-elle pour vous ?

– Existence complètement chamboulée depuis son arrivée... Elle nous éclaire, tel un projecteur les enfants et moi. Je me sentais seul, désespéré. Aujourd'hui, nous sortons de l'ombre comme sous l'effet d'un éclairage qui jetterait partout autour de nous de la lumière. Je lui dois tout. Parfois je chante tout bas *Que serais-je sans toi !* Elle restera à jamais Géraldine, celle qui m'a tout donné.

– Elle n'y est pour rien !

– Sans doute... Pourtant, grâce à elle, la vie reprend des couleurs. Je lui dois ma rencontre avec Maria, fille extraordinaire ! Les convives à la sainte table... Tous m'accueillent à bras ouverts.

Beaucoup de gentillesse... Je pensais à une farce, à un jeu de rôle. Habituellement, la vie ne nous épargne pas. Il suffit de demander un petit service pour s'en rendre compte. Ici, exactement le contraire. Trop beau. L'impression d'avoir gagné le gros lot au loto. Inattendu...

– Pourquoi *La sainte table* !

– J'ignore… Table des élus, des notables.

– Vous dites *Le miracle Géraldine...* Et Claudia...

Ah, je m'en doutais !

– Trop jeune. Elle se mariera, aura des enfants... Même si elle s'entend bien avec mes filles.

– Vous vous montrez toujours aussi pessimiste ?

– Pessimiste, non. Puisque toutes ces coïncidences tournent à mon avantage… Les bonnes choses ne durent qu'un temps. Un jour, par exemple, j'ai raconté à Géraldine que j'avais un frère jumeau.

– Elle le croit toujours ?

Évidemment, qu'elle le croit toujours. Obligé... Difficile aujourd'hui d'avouer qu'il s'agissait d'un canular. Elle pourrait le prendre mal, très mal. D'ailleurs, je reconnais mes torts. Il fallait avouer dès le lendemain. Seulement, voilà... Dépressive, elle semblait tellement heureuse. L'engrenage... Impossible de reculer. Parfois, il faut ajouter à la réalité quelques couleurs pour la rendre supportable. Je pensais agir pour son bien.

– Impossible de rétablir la vérité. Trop déprimée... Lorsque, quelque temps plus tard, je rencontre Josépha. Immédiatement, je me retrouve face à une énigme. Dès la première rencontre, quelque chose ne *colle pas* ! Applaudissements de la sainte table, coupe de champagne en mon honneur. Alors, j'ai cherché... Sans comprendre que Josépha puisse avoir une sœur jumelle. En imaginant cette histoire de jumeaux, je tenais la solution. Seulement, je ne savais pas l'interpréter...

– Peut-être une coïncidence. Les jumelles se présentent pour la première fois ensemble à la Saint Sylvestre, dites-vous !

La Saint Sylvestre ? Ai-je parlé de la Saint-Sylvestre ? Qu'importe ! Inutile de rectifier. Allons-y pour la Saint-Sylvestre.

– Oui, à la Saint-Sylvestre. Tout le monde riait... Chacun déclarait *Comme elles se ressemblent !* Impossible de les différencier.

Aussitôt, spontanément, chacun raconte une histoire de jumeaux. À ma table, et ailleurs. L'attraction de la soirée... L'histoire des jumeaux racontée à Géraldine s'est imposée avec force. Au point de me rendre mal à l'aise. Pourquoi raconter autant de bêtises. Plus fort que moi, contre ma volonté. La honte... En réalité, je tenais la clé.

12. Au restaurant

– Très bon, ce dessert !

– Vous en voulez un ?

– Non, merci, vous êtes trop gentille.

Finalement, je me retrouve avec la jeune femme, accompagnée de son mari — rencontrée dans cette boîte de nuit très branchée à Paris. D'abord restaurant, en attendant minuit, pour aller coller des affiches...

J'avais promis... Et puis, histoire de joindre l'utile à l'agréable. Opération d'envergure : Paris et toutes les villes de France. Ça va faire du bruit. L'événement passera, à n'en pas douter, à la télé.

Pourquoi répondre présent ? Pour la première fois, et sans doute la dernière, je m'implique dans ce genre de manifestation : aller coller des affiches la nuit. Pas mon genre ! Alors, justement, pour une fois. Autant saisir l'occasion. Et puis, je voulais revoir cette jeune femme. Si sympa ! Évidemment, Géraldine souhaitait m'accompagner. Beaucoup trop risqué. L'affaire peut mal tourner, elle pourrait se retrouver impliquer ! Pas très sérieux pour une juge. Surtout qu'entre police et justice le courant passe mal. Elle risquerait de payer le prix fort. Non, elle ne peut pas se le permettre. Même pour rester, comme elle le suggérait, dans la voiture en position de repris. D'abord, j'ai hésité... Puis, réflexion faite... Surtout qu'elle sort d'une période tourmentée. Pas le moment qu'il lui arrive quelque chose. Je m'en voudrais... Preuve que j'en prends soin !

D'abord je propose *Venez !* Puis, je me rétracte. Coller des affiches la nuit *Pas votre place !* Si les juges commencent à se lancer dans de telles actions. Où va-t-on ! Et puis, elle pourrait prendre des coups. Évidemment, elle voulait s'investir. Faut pas croire, les magistrats subissent de plein fouet, eux-aussi, les restrictions budgétaires. La justice n'est pas épargnée. Peut-être la plus mal traitée. Après on se plaint que les juges rendent des jugements à tort et à travers, jusqu'à l'aberration parfois. On en arriverait à se dire *Pas possible, ils sont tombés sur la tête !* À qui la faute ? Faut comprendre le problème. Pour bien faire son travail, pour bien juger, il faut en avoir les moyens. Et personne pour les plaindre. Alors, les jugements se font à la sauvette. Presque à pile ou face. Tout le monde en souffre...

La discussion de la soirée dans ce restaurant parisien. Moi, je reste en retrait. J'écoute... Surtout, je me demande où chercher tout cet argent. Facile de militer, de revendiquer... La part de gâteau reste la même. En vouloir plus, revient à donner moins ailleurs. Autrement dit, il faut prendre dans la poche de son voisin. Conséquences mécaniques. Mes interlocuteurs jugent mon analyse superficielle. Sans doute existe-t-il des solutions pour relancer la machine économique et donner du travail à tous. Plus de cotisations reviendrait à renflouer les caisses de l'état.

Quoiqu'il en soit, Corinne, rencontrée en boîte, se révèle une vraie militante. Très remontée contre les pouvoirs publics. Elle ne cesse de reprendre les arguments développés lorsque je me tenais près d'elle, dans cette boîte de nuit... Le sujet lui tient à cœur.

– Regardez... Quand un professeur tombe malade, personne ne le remplace. Des mois d'attente... L'hôpital, n'en parlons pas. Pas de médecins, manque d'infirmières. Aucun débouché pour nos étudiants. Chômage à la fin de leurs cycles d'études. D'ailleurs nos plus brillants éléments, nos chercheurs, partent à l'étranger. Études en France, à la charge du contribuable, ils travaillent dans d'autres pays. Non, je le répète, il faut se mobiliser. Regardez, mon salaire... Qu'en dites-vous, observe-t-elle en me montrant sa fiche de paie.

– Votre salaire... Pas mal pour une enseignante !

Du coup, elle se met à sourire, lèvres serrées, en me montrant sa main.

– Vous allez en prendre une ! Non, mais sans rire...

– Vous pourriez avoir plus !

– Ah, j'aime mieux ça !

– Vous pourriez aussi avoir moins ! Non, je blague...

Elle pourrait finir par se fâcher. Une militante... À ne pas trop chatouiller. Heureusement, elle comprend la plaisanterie. Et voilà qu'elle poursuit (elle ne désarme pas).

– Nos retraites... À se demander si on en profitera. Pendant ce temps là, d'autres se tournent les pouces à longueur d'années. Vous trouvez ça normal !

– De ce côté là, je vous rejoins. Mauvais équilibre. Reste qu'un chômeur coûte moins cher qu'un retraité. Ainsi demande-t-on toujours plus aux uns et moins aux autres. Facile à comprendre.

– Oui, bon... Il faut que ça change. Et regardez les P.D.G. des grandes entreprises. Salaires mirobolants, indemnités de départ assorties de stock-options, et je ne sais quoi encore. Les sommes qu'ils touchent atteignent des sommets. Situation d'autant plus insoutenable qu'ils pinaillent pendant des jours, des semaines, des mois, autour d'une table avec les syndicats, pour une augmentation dérisoire autour d'une fourchette allant de 0,1 à 0,2 %, alors qu'ils s'octroient sans sourcilier des augmentations annuelles de 20 à 30%. Franchement...

Son mari intervient en sortant un imprimé de sa poche :

– Salariés jetés à la rue par milliers, d'autres soumis à des contrats précaires... Je lis *Les patrons des 40 grandes entreprises françaises se sont octroyés 84 % d'augmentation de salaire en 2 ans.* Ainsi, quand vous parlez, observe-t-il en se tournant vers moi, de puiser dans la poche du voisin... Certaines, croyez-moi, sont bien pleines. On pourrait les vider, les secouer, qu'il en resterait autant le lendemain.

Corinne observe :

– Par contre, il faut les voir, lorsqu'ils sont licenciés pour mauvaise gestion, se débattre pour conserver leurs stock-options. Sommes très importantes... De quoi construire l'équivalant de milliers de logements pour un seul de ces dirigeants. Indécent... Il n'y a pas d'autre mot. Et lorsqu'on voit les hommes politiques se voter des lois d'amnistie. De quoi se révolter !

Obligé d'intervenir, de soutenir leur action :

– Le patron d'une grande société Américaine, remercié lui-aussi pour mauvaise gestion, est parti avec un pactole. Oui, de quoi construire l'équivalant de milliers de pavillons.

Il est certain que ces privilèges poussent l'honnête citoyen à la révolte. L'impression, et même plus qu'une impression — une certitude — qu'on le prend pour un imbécile. En réalité, ces abus existent de tout temps. Simplement, ils éclatent aujourd'hui au grand jour. Et il faut voir comment les patrons licenciés pour mauvaise gestion justement, s'accrochent, comme l'observe Corinne, à leur pactole. Alors que l'entreprise se retrouve au bord du gouffre et que les employés sont licenciés par milliers. Mauvais choix, mauvaises décisions. Oui, de l'indécence. Il n'y a pas d'autre mot. Quand l'entreprise gagne de l'argent, tout le monde en profite. En période de vaches maigres, chacun doit contribuer au redressement de l'entreprise.

J'ose dire en riant, histoire d'allumer la flamme :

– Vous savez, ceux qui gagnent de l'argent le méritent...

Cette fois, les yeux de mes interlocuteurs jettent des étincelles. Aussitôt le débat s'anime...

Le mari de Corinne intervient :

– Si nous poursuivons cette politique, les pauvres seront encore plus pauvres, et les riches toujours plus riches. Que disent les patrons qui s'octroient des augmentations de salaire mirobolantes à la France d'en bas ? Ils disent *Serrez-vous la ceinture, les temps sont difficiles !*

– Vous avez raison. Certains gagnent trop, et même beaucoup trop, par rapport à d'autres.

Obligé de reconnaître qu'il existe des injustices flagrantes, insupportables. Comment remettre de l'ordre ? Comment réduire ces inégalités à une époque où le commerce se mondialise, où les décentralisations se multiplient, apportant ainsi du travail à des pays sous-développés qui en ont tellement besoin ? Mystère... Véritable mutation bénéfique pour certains pays, effets pervers pour d'autres. Malheureusement, le processus ne s'arrêtera pas demain.

Son mari intervient en me regardant :

– Vous ne dites rien. Pas d'accord...

– Si, bien sûr. Simplement, je réfléchis. Difficile d'exprimer une opinion, et encore moins de prétendre détenir une recette miracle.

Et puis, méfiance... Combien de grosses têtes se sont cassées les dents sur le sujet ! Là encore, les questions ne doivent pas se régler dans les bureaux déconnectés de la réalité, mais au plus près de ceux qui œuvrent sur le terrain. Comment sortir de la crise actuelle ? Toujours la même recette. Mise en place d'un système simple, animé par des gens compétents. Bref, une somme de petites décisions dérisoires en apparence mais qui, mises bout à bout, permettraient d'obtenir des résultats significatifs, voire spectaculaires.

Tel le budget d'un foyer, finalement. Certains n'ont jamais d'argent alors que d'autres, tout en gagnant le même salaire, parviennent à réaliser des économies. Sans se priver, en vivant confortablement. Jusqu'à nous en étonner, jusqu'à nous inciter à pousser des exclamations de surprise *Il y a un truc !* Bref, la mise en place de moyens peu spectaculaires, voire anodins, mais capables, en revanche, je le répète, de générer des profits.

Telles sont, dans les grandes lignes, les pensées qui me venaient à l'esprit en écoutant les uns et les autres. À la limite, au lieu de mettre aux affaires un ministre incompétent, on pourrait demander à de simples ménagères de gérer les finances. L'idée me vient car, dans l'H.L.M. où elle vivait, une mère de famille réalisait de si belles économies, que les autres locataires lui demandaient la recette. Donc, pourquoi pas !

— Quoiqu'il en soit, vous êtes d'accord pour venir avec nous !

— Mais oui, bien sûr !

Tous m'observent, comme si... Non, je réfléchis, simplement. Le problème se pose, alors j'essaie de comprendre. Il ne suffit pas de demander de l'argent, il faut en trouver. Soudain, je me fais cette réflexion *Et s'ils prenaient le problème à l'envers. Si au lieu de demander de l'argent...* Oui, je vois s'ouvrir des pistes. Malheureusement, ni le moment, ni l'endroit de philosopher. Et puis, n'ayant aucune responsabilité, autant se taire. Bref, je cherche des solutions, à mon niveau.

On va me dire *Vous n'y connaissez rien !* Justement, combien de fois n'ai-je pas repris des idées de gens qui, autour de moi, *n'y connaissaient rien*. Simplement, ils abordaient la question avec jugeote. Parfois, on cherche des solutions compliquées, alors qu'il existe des moyens simples pour sortir d'une impasse. Seule difficulté, les trouver...

— Vous semblez tracassé !

— Je n'aime pas m'engager sans comprendre. Je cherche un début d'explication, et surtout de solution.

— Simple... Retirer un peu d'argent de la poche de ceux qui en on trop pour le distribuer à ceux qui manquent de tout. Qu'en pensez-vous ?

— Absolument, oui. Enfin, peut-être !

Corinne intervient :

– Regardez, on ne donne qu'aux riches. La fois dernière, un reportage télévisé montrait un maharaja, dont le château n'avait rien à envier à celui de Chambord, assis sur son fauteuil en or, incrusté de diamants. Et tous ses sujets, des miséreux, des pouilleux, venir lui offrir une offrande, de l'argent puisé sur leur modeste économie.

– Normal !

– Comment ça, normal !

– Vous prenez toujours le problème à l'envers. Les malheureux, croyez-moi, l'ont bien compris... S'ils apportent leur obole, aussi modeste soit-elle, c'est qu'ils en retirent un certain profit. Sinon, ils n'offriraient pas d'argent. Enfin, ils ne sont pas bêtes !

– Alors, expliquez-vous ! s'exclame Corinne en croisant les bras.

Du coup, des clients se rassemblent autour de notre table.

– On ne montre pas tout à la télé. Croyez-moi, le maharaja explique le problème à ses sujets *Si je vous donne à chacun une roupie tous les jours... Vu la population de 1,4 milliard d'habitants en Inde, ma fortune fondra comme neige au soleil.* Ne croyez pas, les gens comprennent très vite où se trouvent leurs intérêts. Il continue *Par contre, si vous me donnez chacun une roupie tous les jours, ça me permettra de vivoter, de me maintenir dans mon château. Et naturellement, de vous donner du travail, des milliers d'emplois. Voyez-vous, vous prenez le problème à l'envers.*

– Vivoter, en étant assis sur un fauteuil en or massif, serti de diamants... En ayant sous ses ordres des milliers de serviteurs. Vous en avez des bonnes ! Mais bon, continuez...

Cette fois, les gens rentrent dans le restaurant par dizaines. Autour de nous, se forme un demi-cercle dans lequel s'entassent hommes et femmes. Uniquement pour nous écouter. J'ai l'impression de me retrouver dans la salle des médiums.

– Vous dites prendre dans la poche des patrons. Beaucoup ne sont pas riches. À part quelques grands dirigeants d'entreprises qui roulent sur l'or. Certains en arrivent à envier leurs salariés. Peu de travail, bien payé. La vie rêvée... Les préoccupations du chef d'entreprise ne s'arrêtent pas lorsqu'il ferme la porte de son usine. Elles se poursuivent tard le soir. Et puis, les nuits sans sommeil ! Regardez, les petites entreprises d'un ou deux salariés, ils gagnent quoi ? Pas grand chose. Que des charges à payer.

— Avouez tout de même qu'on est les vaches à lait !

— Le contraire... C'est le patron, la vache à lait. De son gros pis partent une multitude de tuyaux qui alimentent chaque famille. Vous dites, prendre dans la poche du patron, *Oui* tant qu'il y en a. Surtout, ne pas tirer plus de lait que le pis n'en produit. Sinon, qu'arrive-t-il ? Vous tuez votre vache. Vous voyez, il faut toujours maintenir un juste équilibre. Revendiquer, oui. Et je vous donne raison. Seulement, ne pas trop tirer sur la corde. Sinon, encore une fois, vous faites mourir votre vache. Le problème de certains pays. Toujours plus de lait, toujours plus de lait. La vache finit par s'épuiser et mourir. Survient la famine... Quoiqu'il en soit, ces méthodes d'en vouloir toujours plus, peuvent conduire l'ouvrier à perdre son emploi. Une bonne vache laitière ne doit pas être trop grosse. Autrement dit, le patron ne doit pas posséder plus de trois hôtels particuliers. La bonne méthode consiste à revendiquer dans la limite du supportable. Sans tuer sa vache... Et demander la juste mesure pour ne pas qu'elle s'engraisse.

Bientôt le serveur nous présente l'addition. Chacun intervient auprès du patron qui s'exclame :

— Offert par la maison !

Difficile de refuser ! Faut dire que l'établissement se retrouve, suite à notre discussion, dont je ne résume un épisode, plein à craquer. Et comme la foule attire la foule, les gens finissent par rentrer sans même savoir pourquoi. Du coup, le patron m'entraîne dans l'arrière cuisine pour me proposer, à ma plus grande surprise, un contrat. Celui de revenir une ou deux fois par semaine.

— Qu'en pensez-vous ?

— Écoutez, votre offre demande réflexion.

Vraiment surprenant ! Surtout pour aller raconter des bêtises. Évidemment, je ne pourrais pas. Mon travail, les filles...

Parfois, les gens me disent *Vous travaillez quand ?* J'ai envie de leur répondre *Lorsque vous dormez !* Jamais je ne m'arrête. Nuit, matin, soir... Et puis, nous nous arrangeons entre collègues. Je peux prendre deux ou trois jours. À condition de les rattraper par la suite. Et naturellement, chacun son tour. Ça ne fonctionne pas seulement dans un sens. Il faut se montrer conciliant.

Je ne pourrais pas et, pourtant, j'hésite. Proposition alléchante. Évidemment, impossible d'en vivre. Malgré tout, pour une ou deux soirées par semaine ! Appoint confortable... Début d'une carrière ? Beaucoup ont commencé ainsi, tout petit, pour devenir des artistes, des célébrités. Jamais je n'aurais pensé... Sans doute m'a-t-il remarqué... Comme d'autres repèrent de jolies filles pour devenir mannequins.

En la circonstance, le patron observe le résultat : le restaurant affiche complet. Le bar, noir de monde. Les serveurs ne savent plus où donner de la tête. Il se dit *Si je les engage, je prendrais des serveurs supplémentaires. L'argent coulera à flots. Déjà, ce soir, très belle recette.* Très nettement supérieure à celle qu'il réalise habituellement. Pour qu'il me fasse une telle proposition... Une idée derrière la tête.

En travaillant le sujet jour après jour, je prendrais de l'assurance. J'aborderais des thèmes différents, très variés, jusqu'à monter de vrais spectacles. Bref, je vois s'ouvrir devant moi une carrière d'artiste. Vie complètement différente. S'il n'y avait pas les enfants...

– Quoiqu'il en soit, vous m'appelez. Vous paraissez étonné ?

– Oui, très étonné... Je ne m'attendais pas à une telle proposition.

Il me remet sa carte. Puis, me tape sur l'épaule. Obligé de me quitter. Les clients attendent... Du monde… Et les badauds continuent à rentrer. Je le répète, sans savoir pourquoi !

Oui, il suffirait de trouver des idées à développer. Puis de traiter les problèmes par l'absurde.

Ces établissements où s'animent des débats fleurissent partout, paraît-il, à travers la capitale. Quoiqu'il en soit, le fait de ne pas payer la note, nous met tous d'accord. Arrivés sur le trottoir, chacun ouvre ses bras en regardant le ciel. Besoin d'exprimer notre bonheur, de se serrer les uns contre les autres en riant. Tellement inattendu. Tellement drôle, surtout. Et nous avançons, bras dessus, bras dessous, en chantant. Bientôt, Corinne observe :

– Vous avez une manière de tourner les choses. Vraiment, pas banal ! Je ne dis pas que vous avez raison. Mais original... Amusant.

– Surtout, le patron prêt à nous signer un contact pour revenir chaque fin de semaine ! Oui, inattendu... Ah, une surprise pour vous ! Dans ma voiture une bouteille... Un alcool super fort, presque imbuvable, capable de réveiller un mort.

– Chouette ! observe Corinne, on goûtera votre mixture à la maison.

Une vraie partie de rigolade. Soudain, j'observe en apercevant la voiture :

– Vous avez les affiches et la colle ?

Corinne me regarde l'air affligé.

– Vous vous moquez de nous ? Vraiment un comble ! Oui, colle, affiches, balais... Et mieux, imperméables, bottes.

– Véritable organisation !

– Pas la première sortie. Et rassurez-vous, endroits répertoriés. Tout est prévu à l'avance. Que croyez-vous ? Si nous voulons résister au rouleau compresseur du gouvernement, il faut organiser, avancer en bataillons serrés, fourbir nos armes.

Elle lève le poing en s'exclamant *On va gagner !* Tout en riant, bien sûr...

Certains militants distillent des idées obscures et revanchardes. Corinne espère seulement le changement. Obliger nos gouvernants à réfléchir et à changer de stratégies. Une manière de faire bouger les choses. Plutôt sympathique ! Loin des idées extrémistes. Sans doute, comptent-ils, eux-aussi, quelques têtes brûlées dans leurs rangs. Et puis, pour une fois, pourquoi ne pas m'investir dans une lutte utile. Tout à fait justifiée.

Évidemment, je pense à Géraldine, certainement très déçue de ne pouvoir se joindre à nous. Même en restant dans sa voiture, en retrait. Non, vraiment trop risqué...

Un coup à se faire noter à l'encre rouge. Personne ne dit rien dans l'administration. Seulement, vous restez au placard pendant des années sans comprendre pourquoi. La note vous suit partout, tout au long de votre carrière, comme un boulet qu'on traîne à son pied.

— Alors, vous venez avec nous ! J'ai des balais, observe Corinne.

— Évidemment... Je vous aiderai.

Bientôt, nous prenons un boulevard, puis un autre. L'impression, moi qui les suit au volant de ma voiture, de tourner en rond. Où va-t-on ? Chercher le matériel chez les parents de Corinne. Ils habitent un petit pavillon dans la proche banlieue. D'ailleurs, nous y voici...

Corinne ouvre la grille qu'elle referme soigneusement derrière nous. Puis, arrivée devant la porte d'entrée, elle nous impose le silence *Chut !* Avant de tourner la clé dans la serrure, sans bruit. Chacun retient son souffle.

Elle pousse la porte, allume la lumière. Et là, surprise !

— Maman ! Que fais-tu là, assise dans le noir ?

— Je vous attendais... Je viens d'appuyer sur le bouton de la cafetière. Vous allez prendre un café !

— Il ne fallait pas te déranger, maman. Bon, alors, je te présente monsieur venu tout spécialement pour nous aider. Plutôt sympathique... Qu'en penses-tu ?

— Ah, c'est bien ! Enchanté, monsieur... J'aurais été plus jeune, que... Tiens ! s'exclame-t-elle en s'adressant à sa fille, j'ai gardé le journal. Tu regarderas... Encore des licenciements... Partout, partout... Ça finira par une révolution ! Les gens vont se retrouver dans la rue à manifester. Malheureusement, je ne peux plus. Et ça ne s'arrange pas.

Elle s'immobilise un instant, écoute la bouche entrouverte, et se met à rire :

– Tiens, t'entend, ton père qui ronfle. Il dit encore ne pas ronfler. Bah ! Alors, vous aussi, vous militez ! s'exclame-t-elle en se tournant vers moi.

– Oui, dis-je assez embarrassé.

– C'est pour la bonne cause, croyez-moi ! Rien ne va plus. Avant, il y avait du travail pour tous. On quittait un emploi le soir, pour en reprendre un autre le lendemain matin. Fini cette époque... Aujourd'hui, plus rien. Il suffit d'ouvrir le journal pour constater le désastre. Ah ! s'exclame-t-elle avec lassitude.

Bientôt, elle se lève péniblement en s'aidant de sa canne pour nous servir le café.

– Tu sais, maman, il ne fallait pas !

– Une manière à moi de participer. Heureusement que j'ai un gendre comme il faut !

Sans doute veut-elle dire par là, que le mari de Corinne partage ses idées politiques. Donc, un homme de valeur, de bon sens. D'ailleurs, je le trouve très gentil, très comme il faut. Au point de me permettre de demander au cours du repas (ils ne portent pas d'alliance) *Vous êtes mariés ?*

Corinne secoue la tête *Non, pas mariés.*

Curieux, je les vois mariés. Certains couples nous donnent l'impression d'être faits l'un pour l'autre. Exactement le cas. Du coup, plus fort que moi, obligé d'observer *Vous devriez...* Corinne s'exclame *Vous êtes comme papa, il ne cesse de nous répéter qu'on devrait régulariser ! Pour quoi faire ? Puisque nous sommes heureux comme ça ! Hein, mon Mimi !*

13. La sœur de Corinne

Soudain, chacun se retourne. Du bruit dans la cour. Bientôt, la porte s'ouvre...

– Toi, ici !

– Moi ici. J'ai téléphoné à maman, et quand j'ai appris que vous alliez coller des affiches, immédiatement j'ai pris la décision de vous rejoindre.

Sa maman s'inquiète:

– Et tu es venue de si loin, exprès pour ça !

– Pour ça, maman ! Il ne s'agit pas d'une petite affaire... Il s'agit de notre avenir. Si l'on ne se donne pas tous la main... Décadence assurée !

Corinne se tient les mains sur les hanches, le front soucieux, avant se lever, de se tourner vers moi pour, une nouvelle fois, se livrer aux présentations :

– Une recrue pour nous aider. Carole, ma sœur...

On se serre la main :

– Enchanté...

Très belle fille, sa sœur ! Blonde, yeux bleus... Surprenant, combien elles se ressemblent ! Carole semble plus réservée. Encore que, il ne faut pas se fier aux apparences. La preuve, Géraldine...

Sa maman se tourne vers moi et demande :

– Vous appartenez à l'Éducation Nationale, vous-aussi ? Servez-vous... Prenez un café, la nuit risque d'être longue.

– Non, je travaille dans le privé. Un café, oui merci. Non, pas de sucre...

– Sinon, prenez... Il y en a...

– Vous vous connaissiez, demande Carole ?

– Justement, non. Élément recruté ! s'exclame-t-elle en riant. Enfin, je t'expliquerai. Voilà... Non, maman, ne cherche pas à comprendre, ce n'est plus de ton âge !

– Qu'est-ce qui n'est plus de mon âge ? Tu sais, nous les vieux, on comprend bien des choses. Surtout que la télé nous présente des émissions. Prenez des chaises, vous n'allez pas rester debout...

– Oui, mais là, tu ne comprendrais vraiment pas !

– Vous venez d'où, monsieur ?

– Ce n'est pas la peine de chercher à l'interroger. Il ne te dira rien. Et nous non plus.

– Ah bon ! Vous cherchez à me mettre en boîte.

– Alors là, maman ! Je ne peux pas t'en dire plus...

Elle éclate de rire... Un vrai clown, cette Corinne. Elle incarne la joie de vivre. Souvent, les boute-en-train font l'objet de critiques. On ne fait pas d'omelette sans casser d'œufs. Corinne si... Elle sait allier plaisanterie et retenue. Jamais elle ne dépasse la ligne blanche. Bref, toujours mesurée dans ses propos. D'où une sensation très agréable de s'amuser, sans sombrer dans la vulgarité.

Soudain, elle regarde sa montre, avec une petite moue...

– On a le temps de prendre notre café tranquille.

Sa sœur s'inquiète soudain :

– Le matériel est prêt ?

– Tout est prêt. La colle aussi...

Elles ne cessent de rire, de se tordre sur leur chaise. De se lancer des petits mots de connivences. Brusquement elles éclatent de rire. Bon, le message vient de passer. Carole s'exclame :

– Je me doutais qu'il y avait une histoire dans ce genre là. C'est bien de toi...

– Mais écoute, Carole, c'est la mode. Tout le monde en parle.

– Moi, je trouve ça vraiment stupide !

Elle n'a pas tort. Avec le recul... Oui, vraiment, quelle bêtise ! Carole aurait-elle signé sur la fesse des hommes en ajoutant à l'aide d'un tampon *Il est des nôtres !* Certainement pas ! Vraiment, très réservée. Encore que, faut-il le répéter, on ne peut jurer de rien !

– Qu'est-ce qui est stupide ?

– Rien, maman... Bois ta tisane... Et... Et...

Elle s'écroule de rire. Finalement, elles éclatent toutes les deux, à se rouler par terre. Enfin, sa maman demande :

– J'aimerais bien savoir, moi-aussi !

– On ne peut pas !

– Pourquoi *On ne peut pas !*

– Parce que, avant, ça n'existait pas. Même que... Même que...

Et les voilà à nouveau pliées en deux, à rire aux éclats.

– Tu sais, maman... Même que... Même que... Je ne peux pas ! Je voudrais, je ne peux pas !

– Je ne peux pas quoi ?

– Même que... Même que... Oh, écoute !

– Quoi ? Même que...

– Bon, je vais essayer de garder mon calme. Tout va bien ! Tout va bien ! D'ailleurs, si ça avait existé à l'époque.

– Oui, alors...

– On ne serait peut-être pas là ! Voilà...

– Je ne comprends rien.

– Tu vois... Inutile de chercher à comprendre ! Bois ta tisane... Elle va refroidir...

Ce genre de sujet fait rire. Une mode... À la vérité, rien de ré-préhensible. Quoiqu'il en soit, il doit s'en passer dans ces endroits branchés. Oh, si ! Tout de même... Il y en a toujours qui dépassent les limites du raisonnable.

Retrouvant sa sérénité, Carole observe :

– Moi, je trouve cette mode vraiment absurde. Complètement ridicule... Je n'arrive pas à comprendre qu'on puisse se laisser entraîner dans de telles sottises !

Évidemment, la maman cherche à comprendre :

– Quelles sottises ?

– Maman, ta tisane ! observe Corinne en tapant du pied.

Elle ajoute :

– Ce n'est pas un sujet de conversation pour toi ! Tu as passé l'âge. Il est trop tard. Dans une autre vie, peut-être...

– Trop tard de quoi ?

Elle rit, tout en posant des questions. Ce mystère l'intrigue...

– Trop tard de t'y intéresser. Je ne sais pas si on va coller beaucoup d'affiches, mais on aura vraiment bien rigolé. Ah, et puis, maman, tu as sorti le drapeau ! Tu as raison, sans drapeau rouge, pas de révolution...

– Il est là, sur le côté du frigo. Les Russes eux...

– Écoute, maman, pas de politique. Surtout en ce moment...

– Pourtant, je le répète, les Russes l'égalité. Pas de riches... La révolution... N'oubliez pas le drapeau !

– Pas besoin. On a le nôtre. Plus joli, multicolore, s'exclame Corinne.

Avant d'ajouter :

– Autre époque ! Il ne faut pas chercher à comprendre.

Puis, se tournant soudain vers moi, elle lance :

– Et vous, n'allez pas vendre la mèche !

En fait, nous avons largement le temps. Corinne explique que personne ne commence avant 1 heure du matin. Pourquoi fixer une heure précise ? Pour surprendre le service d'ordre. En agissant tous à la même heure, impossible d'organiser une riposte.

Elle regarde sa montre, fait un petit signe de tête. Bref, on a le temps de reprendre une tasse de café. Sa maman observe :

– Mystérieux, votre histoire ! Et toi, tu ne peux rien me dire ? demande-t-elle à Carole.

– Non, maman, ce sont des plaisanteries de mauvais goût. Moi, je suis tout à fait contre !

– Contre quoi ?

Et les voilà parties à nouveau à rire, à rire, à se plier en deux... Lorsque Corinne s'exclame :

– J'ai... J'ai...

Bref, elle a... Dans sa culotte... Ça arrive...

Reste à trouver une culotte ! Sa maman s'exclame :

– Prends une des miennes...

Sa sœur file aux toilettes. Sinon, deux culottes...

– C'est pas ça, mais... Il me faut une culotte ! Et ne riait pas, vous ! observe Corinne en se tournant vers moi.

– Prends-en une des miennes !

– Trop grandes ! Autant ne pas en mettre... À la guerre comme à la guerre.

Elle s'adresse soudain à moi :

– Et vous... Vous ne savez rien ! Surtout, n'en profitez pas pour me tourner autour... Au fait, maman, comment... Autrefois, sans culotte...

– On se mettait...

– Aller, explique-nous...

– On se mettait un morceau de chiffon. On appelait ça une *drouille* ! s'exclame-t-elle en riant aux éclats.

– Et comment tenait-elle, ta drouille ? Ne rit pas, c'est sérieux. Et même très sérieux. Sans culotte, les hommes vont me tourner autour. Non, s'ils ne savent pas. Mais là, observe-t-elle en me regardant. Si encore, je n'avais rien dit. Alors, maman comment tenait-elle ta drouille ?

– Elle tenait... Oh, tu sais toi, tu nous fais bien rire ! On se mettait une ceinture et...

– Donc, une ceinture. Ne riez pas, c'est important ! Ensuite...

– On prenait une bande d'étoffe, dont une extrémité passait à la ceinture, derrière le dos. Puis, on glissait les deux extrémités entre les jambes, pour les relier ensemble sur le devant autour de la ceinture.

– Vous ne les attachiez pas (Oh ! Pardon maman !) directement à la ceinture. L'ensemble tenait grâce à la ceinture. Ah oui, et en plus, ça pouvait coulisser ! Oui, super ! Quand un endroit était un peu sale, on tirait... Bon, ben, je vais me préparer ça ! Tu as de la bande ?

– Oui... Dans le placard de la salle de bain. Tu ne vas tout de même pas...

– Comment veux-tu que je fasse ? Bon, vous m'attendez... Je n'en ai pas pour longtemps. D'autant qu'il faut que je lave ma culotte, pour la faire sécher sur le radiateur.

Et la voilà partie dans la salle de bain. Évidemment, nous rions aux éclats. Sa maman observe :

– Quel phénomène ! Et c'est toujours comme ça... Elle n'en manque pas une ! Heureusement qu'elle a un ami en or.

Il intervient :

– Que voulez-vous que j'y fasse ! Si votre fille veut se mettre une drouille. Hé ! Après tout, vous en mettiez autrefois !

– Tout le monde en mettait. Jamais de culotte... Et pas de slip pour les hommes. Une ceinture aussi, et un bonnet pour maintenir les testicules. C'était comme ça avant !

Venir coller des affiches réserve de drôles de surprises. D'abord le spectacle du restaurant où l'on me propose un contrat. Maintenant, une partie de rigolade à n'en plus finir.

Enfin, elle sort de la salle de bain, l'air triomphant :

– Le problème est réglé. Et en plus, super...

Elle se tourne vers moi pour observer :

– Vous pensiez... Eh ben, non !

Évidemment, nous rions... Chic fille, pleine de vie. Elle s'amuse, et tire parti d'un rien. Elle me regarde à nouveau, en observant :

– Curieux... Pourquoi, n'êtes-vous pas venue avec votre amie ?

– Son métier ne lui permet pas le moindre écart. Ça pourrait avoir des conséquences fâcheuses. Et puis, nous n'habitons pas sous le même toit...

– Vous voulez dire par là, que vous ne couchez pas ensemble.

– Voilà, oui. Malgré tout, j'y tiens. C'est mon amie...

– Mais ça ne va pas plus loin ! Pourquoi ? Je suis peut-être indiscrète !

– Non... Elle attend la sortie du coma de son ami. Le vrai celui-là...

– Vous êtes l'intérimaire dont il manquerait la signature pour avoir les pleins pouvoirs. Donc, pas touche !

– Dès que je l'approche, elle s'exclame *Oh non, pas ça !* Alors, je fais avec...

– Vous devez être très malheureux ! J'ai rudement bien fait de me garnir d'une drouille !

Grands éclats de rire...

C'est vrai... Elle s'exclame *Oh non, pas ça !* Uniquement de sa faute. Bien sûr, elle bénéficie de circonstances atténuantes, puisque son ami... N'empêche que, personne ne comprend ! Tout le monde en rit.

Sa maman me demande :

– Finalement, c'est quoi votre histoire ?

– Quelle histoire ? Tu sais, maman, tu deviens curieuse !

– Je le demanderai à ton père. Lui qui lit le journal d'un bout à l'autre tous les jours. Je suis sûre qu'il en a entendu parler. Si vous dites que c'est une mode !

– Pas d'illusion... Soit certaine, qu'il gardera le silence, lui-aussi.

– Et pourquoi qu'il ne m'en parlerait pas ?

– Parce que, tu n'as pas le droit de savoir.

– Bon, ben je mourrais idiote !

Évidemment, chacun éclate de rire.

Dommage que Géraldine ne soit pas là ! J'éprouve quelques regrets. Quand elle me demandera des explications, difficile de lui décrire l'atmosphère. À mourir de rire.

Carole intervient :

– Maman, je le répète, c'est d'une bêtise !

– Justement, s'il s'agit d'une bêtise, pourquoi j'ai pas le droit de savoir ?

Corinne observe :

– Parce que, plus de ton âge. Tu dois vivre avec ton temps, maman. T'occuper de donner à manger à tes serins, faire la liste des courses...

– La liste des courses ! On mange de moins en moins. Ouvre le frigo, tu verras, il est plein. On ne mange plus rien. Qu'est-ce que tu regardes ?

– L'heure... Ça va, pas en retard... Tu sais, maman ! Il se trouve que ce monsieur ne dit rien. En réalité, observe-t-elle en me regardant droit dans les yeux, c'est un drôle de phénomène.

– Comment ça ?

– Figure-toi qu'au restaurant, il a sorti tellement de bêtises — On peut appeler ça des bêtises ! — s'exclame-t-elle en me regardant droit dans les yeux et en gonflant les lèvres.

– Oui, c'est vrai.

– Donc, je disais, qu'il a attiré à lui tout seul un tel monde, que le restaurateur voulait nous engager pour montrer un spectacle les fins de semaine. D'ailleurs, il lui a remis sa carte. Vous l'avez !

– Oui, dis-je en la sortant de la poche.

– Alors, tu vois ! Mine de rien... Il nous en sort de bonnes. Peut-être encore plus que moi. Faudra pas me voler la vedette, si vous veniez à entrer dans notre famille. On ne sait jamais !

– Te voler la vedette, à toi !

– Ah, tu sais maman. Je ne suis pas la seule à raconter des bêtises. D'ailleurs, je n'en dis pas plus... Parce qu'il a plus d'un tour dans son sac ! En parlant de sac, vous avez votre alcool très fort ?

Je sors la bouteille.

Alcool acheté en Allemagne. Entreposée depuis quelques années dans l'armoire, la bouteille a perdu son étiquette. Mélange alcool et de poivre... Oui, très fort. L'occasion d'y goûter.

Soudain, on entend du bruit dans le living. La maman observe :

– C'est papa ! Il ne manquait plus que lui...

La porte s'ouvre... Sa femme se penche sur son fauteuil. Sans doute pour s'assurer qu'il a enfilé son pyjama. Enfin, elle reprend sa place en donnant un coup de poing sur la table :

– Il a fallu qu'il se lève !

Il embrasse ses filles, serre la main de son gendre. Serre la mienne tout en me dévisageant, comme s'il cherchait à me remettre.

– Tu ne connais pas, papa. C'est une recrue qui vient nous aider pour coller des affiches. Une âme charitable, car lorsqu'il faut agir ! Même dans nos rangs, beaucoup se défilent..

Du coup, il m'observe avec sympathie.

– Merci pour eux... C'est pour la bonne cause ! Toutes les entreprises ferment les unes derrière les autres. Et personne ne dit rien. Il faut agir... Allons ! Allons ! Forcer le gouvernement à trouver des solutions. Il y en a probablement. Déjà, s'il y avait moins de gâchis ! C'est qu'on en dépense de l'argent inutilement.

Corinne s'exclame :

– Trinquons, à alcool offert par monsieur. Nous sommes prévenus *Particulièrement fort !* Allons, papa !

Soudain, chacun lève son verre.

– À la nôtre !

Et nous goûtons du bout des lèvres. Oui, fort, très fort. Chacun tire son cou, tant et plus, pour avaler une gorgée. Le visage du papa prend des couleurs. Il n'en revient pas. Jamais, il n'a bu un tel breuvage.

– Ça réveille !

Sa femme s'exclame soudain :
– Mais que fais-tu ?
– Je cherche mes chaussures.
– Pour... Ah non, tu restes ici ! Tu ne vas pas aller coller des affiches à ton âge. Tu as perdu la raison !
– Mais écoute !
– Non, tu restes là... Et demain tu seras malade. De plus, tu tousses. Il vient d'avoir une bronchite. Il va mieux, à peine mieux... Et voilà qu'il parle d'aller coller des affiches.
– Bon, bon... Vous venez d'où, monsieur ?
– Ah, la grande question ! Ils ne veulent rien me dire. Il paraît que je suis trop vieille.

Corinne intervient :
– Maman veut absolument savoir. Impossible de lui expliquer. Le monsieur est en recherche...
– En recherche de quoi ?
– Ils ne veulent pas me le dire...
– En recherche de quoi ! Tu sais papa, la science est devenue terriblement compliquée. Équations très complexes. Tu ne comprendrais pas d'avantage que maman.
– La recherche... Il y a plusieurs voies. La recherche fondamentale...
– En quelque sorte.
Carole intervient :
– Papa, ce ne sont que des bêtises !

14. Coller des affiches

– J'y pense... Problème de couchage ! s'exclame Corinne soudain inquiète.

– Quel problème ? demande sa maman.

– Carole, pas prévue ! Et, observe-t-elle en se tournant vers moi, vous n'allez pas repartir chez vous en pleine nuit !

– Ne vous inquiétez pas. Je repartirai...

Sa maman intervient :

– On va trouver une solution. Non, vous n'allez pas repartir en pleine nuit !

– Écoutez, je ne voudrais pas vous déranger.

– Déranger ! Carole, ça ne te dérange pas ?

– J'ai mon pyjama. Franchement, non, observe-t-elle en riant.

– Bon, vous coucherez avec ma sœur ! s'exclame Corinne en se tournant vers moi.

– Non, mais...

Je ne voudrais surtout pas abuser de leur hospitalité. Ne pas donner à penser que... Non, je tiens à rester correct. D'autant plus mal à l'aise que Carole... Vraiment, jolie jeune femme. À n'y rien comprendre. Partout où je vais, elles me tombent dans les bras. Encore un coup de Géraldine, ma bonne étoile !

Corinne se place face à moi, les poings sur les hanches, la tête inclinée, la mine espiègle :

– Vous craignez qu'elle vous viole ?

– Non, dis-je en riant.

– Vous savez, franchement, moi ça ne me gêne pas ! J'ai mon pyjama, observe Carole.

– Et même si tu n'avais pas ton pyjama ! Non, je plaisante... Bon, vous êtes d'accord tous les deux ! s'exclame-t-elle en nous dévisageant l'un après l'autre.

– Si ça ne dérange pas ! dis-je en riant.

– Pour le pyjama... Vous en avez pas, je présume ! s'exclame Carole.

– Non...

– On lui en donnera un à papa !

– J'irai le préparer, avant de me coucher.

– Maman, ne donne pas n'importe lequel. Un fermé sur le devant. Ou alors, vous le mettrez à l'envers comme le roi Dagobert. Qu'il n'y est pas de problème... Et puis, sachez qu'on dort dans la chambre d'à côté. Alors pas de bruit. Si vous avez des choses à faire... Montrez-vous discrets. On n'a pas besoin de tout entendre. Ah, autre chose maman ! Le sommier... Très important, le sommier. Il ne grince pas au moindre mouvement ! Sinon, autant que vous repartiez chez vous.

– Non, un bon sommier...

Tout en riant, j'observe Carole. Oui, vraiment très jolie. Ses joues prennent des couleurs. Évidemment, le fait de devoir coucher avec un inconnu... Tout de même pas banal, comme situation ! Alors, elle rougit... Moi-même, il ne faut pas croire, je me sens... Assez remué. Évidemment, qu'il ne se passera rien. En réalité, personne ne peut le l'affirmer.

Pas toujours maître de la situation. D'où ce malaise... Ça pourrait déraper jusqu'à se laisser entrainé à faire des bêtises. D'autant qu'elle le sait, mon amie s'exclame *Oh non, pas ça !* Elle peut se dire *Donc, il est libre !* Et même penser *Brave garçon ! Faut pouvoir supporter...* Oui, beaucoup d'hommes l'enverraient balader. Faut pas croire ! D'ailleurs, cette histoire me travaille.

Évidemment, nous ne cessons de rire.

Elle n'arrête pas une seconde. Bêtise, sur bêtise... Tout en se gardant bien de dépasser les limites du supportable. Un vrai bout en train... Moi, j'aime ça.

– Vous m'avez dit, votre amie... Comment s'appelle-t-elle déjà ?

– Géraldine...

– Oui, Géraldine. Elle ne fait pas d'écart ?

– Son travail ne lui permet pas de participer à ce genre de manifestation.

– Je ne sais pas où elle travaille, mais... Ça doit être quelqu'un d'important ! En ce qui me concerne, observe-t-elle en joignant le geste à la parole, je peux faire des écarts et même le grand écart.

Bientôt, elle s'assoit sur les talons, écarte les genoux et entreprend de faire les flexions.

– Une, deux... Une, deux... C'est pour mettre ma drouille en place.

Grands éclats de rire ! Encore, et encore...

Inutile de payer pour aller au spectacle. À domicile... Quelle ambiance ! Toujours, grâce à Géraldine, ma bonne étoile. Je ne cesse de penser à elle. Sans cette boite de nuit... Jamais je ne me serais risqué à pénétrer dans un tel endroit. Que d'événements depuis qu'elle est rentrée dans ma vie ! Bien sûr, elle n'y est pour rien, comme l'observe le psy. Malgré tout, sans elle, il faut reconnaître que... Uniquement, des numéros gagnants. D'où l'envie de dire *Il y a un truc !*

– Cette fois, elle est remontée ! Vous allez finir par être en retard, observe sa maman.

Elle regarde sa montre, en penchant la tête à droite, puis à gauche. Quel clown !

– Non, pas en retard... On aurait presque le temps de reprendre un café.

– Il en reste ! s'exclame sa maman.

– Vous voulez du café ? Pas mal, ta drouille maman ! Mais ça me rentre dans la raie des fesses !

Chacun éclate de rire, et accepte un café.
Sa maman intervient :
– Tache de ne pas la perdre en route !
– Ça pourrait surprendre, observe son ami.
– De plus, tu te retrouverais cul nu !
– Si vous voulez, observe-t-elle en s'adressant à moi... Toi, Jean-Mimi, bouche tes oreilles. C'est entre monsieur et moi. Une confidence au creux de l'oreille. Tu peux bien me permettre de temps en temps, un écart... Je ne suis pas comme votre amie Géraldine, j'ai le droit à des écarts. Hein ! Moi, qui me montre toujours si cool avec toi. Et puis, si tu râles... Vous coucherez ensemble, vous, les deux hommes. Moi, je coucherai avec ma sœur.
Du coup, elle la prend par la taille et met sa tête au creux de son épaule. Avant de reprendre :
– Alors, tu te bouches les oreilles... Mieux que ça... Montre ! Oui, c'est bien. Alors, voilà s'exclame-t-elle en s'approchant de moi, demain matin ma culotte sera sèche et si vous voulez, vous savez qu'il s'agit d'un cadeau personnel, très personnel, très intime, je vous ferais cadeau de ma drouille.

Encore bien capable de me l'envelopper dans du papier cadeau. Pour rire. Curieux, mais ce sont souvent ces petits détails, ces bêtises, qui se gravent volontiers dans la mémoire. Je me souviendrai longtemps de cette soirée. Complètement imprévisible. J'étais parti coller des affiches, sans imaginer passer une telle soirée. Et encore, la nuit ne fait que commencer !

Grands éclats de rire. Se tournant vers son ami...
– Mais, tu écoutes ! Bon, ça ne fait rien... Alors, pour conserver son odeur parfumée, je vous l'emballerai dans un sac plastique.

Maman, il y en reste encore les sacs transparents avec fermeture éclair.

— Oui, il y en reste... observe-t-elle en éclatant de rire.

— Eh ben ! De temps en temps, quand ça vous dit, c'est vous qui voyez, vous ouvrez le sachet en cachette. Puis, vous le refermez. Vous me dites qu'avec votre amie... Vous ne couchez pas ensemble !

— Non...

— Elle s'exclame, disiez-vous *Non, je ne veux pas !*

— Elle dit, exactement *Oh non, pas ça !*

— Justement, le sachet... En cachette... Car j'imagine que vous êtes un homme comme les autres. Besoin de stimulant, de temps en temps. Croyez-moi, ça vaut la corne de rhinocéros. Tu ris, maman, mais ça peut aider. On a tous besoin de fantasmer. Surtout, prenez soin de bien refermer le sachet après usage. Ça pourrait s'éventer et perdre ses qualités aphrodisiaques.

Quelle rigolade ! Très bon pour la santé, paraît-il... Quoiqu'il en soit, ça fait plaisir. Il en faut, des gens rigolos. Faut dire qu'il y a plaisanterie et plaisanterie. Ici, raisonnable, vraiment, agréable. Elle ne dépasse pas les limites de l'indécence. Loin des réflexions de Géraldine *Vous avez déjà couché avec un homme !*

— Et croyez-moi, si vous le voulez, observe sa maman, c'est ainsi du matin au soir. On ne cesse de rire. Un phénomène...

Son père l'affirme, lui-aussi :

— Véritable bout en train !

Naturellement, elle reprend :

— Et surtout toi, papa, si tu sais quelque chose, puisque tu lis le journal d'un bout à l'autre tous les jours. Tache de tenir ta langue. Maman n'a pas le droit de savoir ces choses là !

— Il est aussi vieux que moi !

— Maman, ce n'est pas pareil... Lui, c'est un homme. Mais, observe-t-elle en levant la tête et en gonflant les narines, quelque chose me dit qu'il ne t'en parlera pas. Non, je connais trop papa. Impossible qu'il puisse t'en parler...

– Mais si...

– Écoute, maman, bois ta tisane, et laisse les jeunes tranquilles. Toi, tu as tes douleurs à t'occuper. De la crème à mettre sur tes jambes.

– Et ça fait mal ! Mon genou...

– Ah, tu vois ! En plus, ça t'apportera quoi ? Rien... Mais alors, vraiment rien.

– Vrai Carole ?

– Maman, ce sont des bêtises !

– Oui, mais quelles bêtises ? Pourquoi j'ai pas le droit de savoir ? Évidemment, son papa intervient :

– Des bêtises de quoi ?

– Si tu sais quelque chose, papa, tache de tenir ta langue. Et si tu ne sais rien, tant mieux...

– Tu n'en as pas entendu parler, toi. Un truc à la mode...

– Quelle mode ?

– J'en sais rien. Ils ne veulent rien me dire. Je ne dois pas savoir. Alors, toi qui lit le journal tous les jours d'un bout à l'autre... Tu devrais savoir. Surtout dans les journaux.

Sans doute, s'installe-t-il dans son fauteuil près de la fenêtre dans le living. Tout à l'heure, j'ai aperçu des lunettes sur un coin de table, quelques journaux. Je l'imagine, assis dans ce coin tranquille, à relever les signes de décadences de notre société. Les usines partent à l'étranger où elles trouvent une main-d'œuvre deux fois meilleur marché que dans notre pays.

Comment lutter contre cette concurrence déloyale ? Bientôt, il ne restera chez nous que des sociétés de service. D'un côté des rentiers, de l'autre des chômeurs. Au milieu, des salariés toujours moins nombreux et plus mal payés. Jusqu'à quand ? Il y a de quoi se poser des questions. Impossible d'y échapper. La concurrence oblige les entreprises à se délocaliser, sous peine de disparaître. Il doit se poser toutes ces questions dans ce fauteuil.

Il réfléchit, avant de gonfler les lèvres et de hausser les épaules :

– J'vois pas...

– Ou alors tu ne veux rien me dire. Moi, j'aimerais savoir. Ça parle de quoi !

– Mais maman, ce sont des bêtises. Vraiment stupide ! s'exclame Carole.

– Justement, pourquoi je ne devrais pas savoir. Si c'est stupide !

– On ne peut pas te le dire. Voilà...

Du coup, sa maman se gratte la tête. La première fois qu'elle entend parler d'une telle énigme.

– Et toi, Jean-Mimi, tu sais...

– Jean-Mimi sait... Mais il ne te dira rien, maman. Et le monsieur non plus. N'est-ce pas ! Que vous ne direz rien. Même au creux de son oreille !

Carole intervient à nouveau. Elle voudrait dissiper ce malentendu. Malheureusement, plus elle cherche à s'expliquer, plus le mystère s'épaissit :

– Maman, ne t'inquiète pas. Il s'agit d'une mode ridicule. Complètement stupide. D'ailleurs, personne ne va jusque là. C'est surtout pour le plaisir d'en parler, de plaisanter. Ainsi, observe-t-elle, en se tournant vers moi, vous n'avez jamais été jusque là.

– Obligé de reconnaître que, non.

De la bêtise à l'état pur. Faut bien le reconnaître. Oui, uniquement pour plaisanter. Et puis, quelle ambiance ! En réalité, lorsqu'on décortique le problème... Évidemment, quelques malins ont flairé la bonne affaire. Boîte de nuit, vêtements, bijoux...

Sa maman tape du poing sur la table.

– Aller jusqu'où ? Moi, je voudrais savoir !

– Nulle part, maman. Que tu es curieuse !

Carole, revient sur le sujet :

– Je t'assure, il s'agit d'une bêtise.

– Et pourquoi qu'on ne veut rien me dire ?

– Parce que, je te le répète, ça n'en vaut pas la peine. Mais alors, crois-moi, vraiment pas ! Tu ne perds rien. Autre mode du moment, complètement stupide, celle les médiums...

– C'est quoi ?

– La même ânerie. Certains prétendent communiquer avec les morts par l'intermédiaire de médiums. Quelle bêtise !

– Mais... Pourquoi tu m'expliques l'histoire des médiums et pas... Ça cache donc quelque chose ?

– Tu sais, ce n'est vraiment pas la peine d'en parler. Stupide ! Stupide !

– Et l'esprit des morts ?

– Tout ça, se sont des bêtises pour soutirer de l'argent aux naïfs. Quelqu'un qui a un peu d'esprit comprend que l'homme tire toutes les informations de son cerveau. Le cerveau détruit, que reste-t-il ? Rien, des os...

Et encore, eux-aussi disparaissent... Non, il ne reste rien. Combien de générations sont disparues sans laisser la moindre trace ? Il n'y a pas si longtemps, à peine 10 000 ans, que nous connaissons notre histoire. Pourtant, les gens vivaient il y a 60 000 ans, tout comme aujourd'hui. Quant à l'inverse... Quelle sera notre société dans 60 000 ans ? Encore un autre problème. Pourtant, l'an 60 001 existera. Puis l'an 60 002. Y aura-t-il encore quelqu'un pour lever son verre et souhaiter la bonne année ? Mystère... D'ailleurs, nous pourrions continuer creuser le sujet. Qui fêtera le nouvel an de l'an 10 000 001 ? Et pourtant, il existera (une certitude), lui-aussi. L'année aura son printemps, son été (moins sûr !). Si la terre continue à tourner. Qui la peuplera ? L'homme ?

Faut reconnaître qu'elle n'a pas tort. Que reste-t-il de notre corps après la mort. Rien, sinon les os...

Corinne intervient :
– J'ai l'impression que vous allez avoir de belles conversations,

tous les deux, cette nuit ! Au fait, j'y pense... (elle fouille dans son sac) Il vous faut des préservatifs.

Elle m'en glisse quelques-uns dans ma poche.

Puis, me fixant soudain des yeux, elle exclame :

— Après tout, rendez-moi-les... Vous êtes assez joli garçon ! Ma sœur n'a qu'à bien se tenir. Si elle tombe enceinte, tant pis pour elle. Quant à vous, si vous ne tenez pas à être père, sautez du train en marche !

Devenir père... Merci, j'ai donné ! S'il le fallait, malgré tout. Pourtant, rien qu'à l'idée... Le cœur n'y est plus. D'ailleurs, peu de gens souhaiteraient recommencer leur vie, à l'identique. Lorsque la page est tournée, elle est tournée...

Sa maman s'exclame :

— Elle ne s'arrêtera pas. Va-donc coller des affiches ! Quel phénomène…

Elle regarde sa montre...

— On décolle à moins le quart, pour coller à 01 heure. Alors, papa, tu es prêt ! Parce que nous, on part sans toi.

Du coup, son père regarde sa femme l'œil allumé. Déjà, il se lève...

— Où tu vas ?

— Coller des affiches !

— Non, tu restes ici... Mais, quel... Assis-toi. Va te coucher ! Ah, mon vieux !

Son mari se rebiffe :

— Il faut bien que quelqu'un y aille !

— Ah, on a un problème ! Papa veut y aller tout seul... Tu veux y aller ?

— Oui, je veux ! s'exclame-t-il sans la quitter des yeux.

— J'ai dit *Non* !

Il n'entend rien. Toujours le regard hypnotisé par celui de sa fille qui lui explique :

— Tu vois papa... Tu tournes la rue...

– Où il y a le café !

– Voilà... Tu continues sur une centaine de mètres et tu verras un panneau...

Sa femme intervient :

– Non, reste ici...

Corinne entreprend de laver les tasses, tout en chahutant avec sa sœur. Soudain, elle lui demande des explications, à demi-mots, sur une affaire en cours, dont Carole semble soucieuse. Nous avons tous nos problèmes. Vrai, qu'elles se ressemblent les deux sœurs. Très agréables, l'une et l'autre...

– Maman, ce n'est pas pour une affiche. On va lui donner un peu de colle et il se débrouillera. Ça lui rappellera le bon vieux temps. Hein, papa !

– Quoi ? Elle est où ta colle ?

– Tu y arriveras, papa ?

– Si j'ai l'affiche et la colle... Tu sais, qu'à l'époque... Et je parle de ça, il y a longtemps...

Et le voilà parti à raconter quelques-unes des expéditions entreprises la nuit pour coller des affiches.

– J'ai dit *Non !*

– Et si papa veut y aller, tout de même !

– Non... Non et non...

Elle lève sa canne vers sa fille, qui poursuit :

– Papa, il faudrait tout de même t'habiller !

– Hein ? Quoi ?

– Regarde, t'es en pyjama Tu ne vas pas...

Du coup, il reste immobile, indécis au milieu de la cuisine pendant que sa femme s'énerve.

– Je te dis *Non.*

– Allons, assis-toi, mon petit papa ! Maman s'énerve...

Du coup, il ne dit plus rien. Il s'assoit l'air malheureux ! Obligé de renoncer. Il hoche la tête. Eh oui, l'âge ! Un coup de folie... Pareil qu'un vieux chien de chasse... Il se précipite avec les autres... En oubliant qu'il n'a plus le droit. Alors il revient, la queue entre les jambes, à regarder autour de lui.

Dernier sursaut... Il lève les yeux sur sa casquette pendue au crochet.

– Je te dis *Non* ! Ah, mon vieux !

– Bon ! Nous, on y va... Aller, on cherche la colle ! s'exclame Corinne, sans rire.

D'une part, il faut y aller. D'autre part, probablement très peinée d'abandonner son père avec son envie d'aller coller des affiches. Sans doute, l'emmenait-il avec lui lorsqu'elle était gamine. À se demander si elle n'a pas une petite larme à l'œil. Oui, douloureux.

Finalement, tout le matériel se retrouve dans la cuisine. Corinne s'assure que la colle est bonne. Il faut tout prévoir... Du coup, elle me désigne le bâton plein de colle :

– Et si vous dites encore qu'on gagne de trop, je vous donnerai un coup de balai. Ça peut arriver, sans le faire exprès !

Ah, quelle ambiance ! Encore un bon moment de passé. Grâce à Géraldine, ma bonne étoile... Et puis, ne vais-je pas partager le lit de sa sœur dès qu'on rentrera. Faudra être sérieux. Surtout, pas d'histoires. Famille très correcte. Faut savoir se tenir dans ces moments là ! Déjà appréciable qu'ils me réservent cet accueil.

15. Petit déj. au lit

Nous ne cessons de rire...

Faut dire, situation vraiment insolite ! Corinne vient nous apporter en compagnie de son ami, chacun armé d'un plateau, notre petit déjeuner au lit.

Finalement, ça nous fait bien rire, Carole et moi.

– Allez, petit déjeuner... Et pas de second service !

Alors, le temps d'émerger, de s'asseoir, de se remettre les cheveux en place avec les doigts.

– Ne vous inquiétez pas. Vous allez vous plaire. Et puis, un petit bisou sur la joue. La moindre des choses, lorsqu'on se réveille le matin. Vous avez tout de même passé la nuit ensemble, dans le même lit ! Si votre amie Géraldine savait...

Obligé de s'exécuter pour le petit bisou. Et naturellement, tout se passe dans la bonne humeur. Des rires et encore des rires. Heureusement, les plateaux disposent de pieds dépliables. Beaucoup plus stables. Assez mal à l'aise, malgré tout. Pas trop habitué à tant de gentillesse.

– Surtout ne salissez pas ! s'exclame Corinne.

Cette fois, elle ne plaisante pas. Appartement refait à neuf, sa maman tient à ce qu'il reste propre. D'ailleurs, réflexion faite, elle retire les plateaux pour étendre une toile cirée sur la couverture. Plus prudent !

– Croissants, beurre, confiture, grand bol de café... Très gâtés. Qu'en pensez-vous, observe Carole en se tournant vers moi.

– Inattendu ! Oui, délicate attention...

– Vous avez travaillé. La moindre des choses ! Je repasserai... Et surtout ne renversez pas.

Du coup, on se regarde, Carole et moi. Le temps de se serrer la main et voilà qu'on se retrouve à prendre le petit déjeuner ensemble dans le même lit. Insolite ! Le genre d'imprévu capable de nous donner l'illusion que *la vie et belle et mérite d'être vécue !*

– Vous avez bien dormi ? demande-t-elle, tout en coupant un croissant en deux dans le sens de la longueur :

– Très bien, oui ! N'ai-je pas trop bougé ?

Sa sœur passe la tête par l'entrebâillement de la porte :

– Je vois que l'on s'entend bien ! Le courant passe entre vous... Enfin, elle nous laisse.

– Vous savez, ma sœur... Un vrai clown ! Impossible de s'ennuyer avec elle. Alors, vous vous êtes rencontrés, je suis peut-être indiscrète, dans une boîte de nuit !

Pas le temps de répondre, qu'elle éclate de rire.

– La grande mode ! Moi, je trouve ça stupide ! s'exclame-t-elle en passant sa langue tout autour du demi-croissant pour éviter que la confiture ne coule.

– Je vous l'accorde. Stupide et amusant... À condition de ne pas dépasser certaines limites. Tout est là... Le sujet anime les conversations et fait rire. Plaisanteries assez malsaines, je le reconnais... En fait, j'y entrais pour la première fois.

Et la dernière. Ce genre d'endroit me déplaît. Uniquement par curiosité, pour découvrir l'atmosphère. Et, il faut le reconnaître, pour faire plaisir à Géraldine.

Elle boit une gorgée de café, essuie sa bouche, avant de reprendre :

– Que ma sœur puisse emmener son ami dans de tels lieux,

me surprend malgré tout. Et vous, votre amie... Car c'est elle, j'imagine...

Elle affectionne ces lieux branchés. Personnellement, je déteste. Encore une fois, uniquement pour lui faire plaisir. Et puis, histoire de sortir de sa coquille. Moi, je suis classique.

– Ma sœur m'a expliqué, l'histoire du sanglier...

Elle éclate de rire, avant de s'exclamer :

– Comment peut-elle ! Et votre amie Géraldine signait sur la fesse des hommes avant d'inscrire à l'aide d'un tampon *Il est des nôtres !* Un coup de tampon sur la vôtre !

– Pour obtenir une entrée remboursée et quatre consommations gratuites. Alors, discrètement, dans les toilettes.

Vrai, en plus... Puisqu'elle disposait du tampon, dans les toilettes, pour elle toute seule. Que d'économies ! Ça compte aussi. Elle s'est exclamée *Venez, dépêchez-vous, de l'argent à gagner !* Elle a même ajouté *Vous qui êtes près de vos sous !* Elle me ferait passer pour qui ?

– Vous y retournerez ?

– Une expérience suffit. En réalité, nous sommes rentrés là par hasard. J'ignorais tout de ce jeu. Vraiment, je n'aime pas ! Monter sur l'estrade et montrer ses fesses à toute une salle. Non, pas pour moi !

Ni de regarder ceux des autres. Franchement, quel spectacle ! Non, je le répète, je n'aime pas ce genre de plaisanterie. Vraiment déplacée !

– Quoiqu'il en soit, ma sœur a réussi à vous embobiner pour venir coller des affiches.

– Elle m'a prévenu *Pas pour une partie de jambes en l'air !* Très bon, les croissants...

– Vous n'imaginiez pas finir au lit avec une fille, en mangeant des croissants, observe-t-elle en riant.

– Ça, non... Vraiment très surpris ! Agréablement surpris !

– Très franche, elle vous annonce la couleur *Pour coller des affiches !* Évidemment, elle vous explique la raison !

– Parce que l'on manque de tout : médecins, infirmières. Vous savez, là aussi, la première fois. Pas mon genre d'aller militer, de brandir des banderoles, de porter des drapeaux.

– Pourtant, vous êtes venu ?

– Pour m'amuser. Et puis, pour la bonne cause !

– J'aime vous entendre parler ainsi.

Militante, aux idées profondément enracinées, elle-aussi. Corinne passe la tête, dans l'entrebâillement de la porte.

– Ça va les amoureux ! Du café ?

Elle vient nous servir un second bol, tout en s'exclamant :

– Vous avez l'air de bien vous entendre !

– Oui, on s'entend bien, avoue Carole.

Corinne vient de disparaître, lorsqu'elle me demande en tenant son bol devant elle :

– Quelque chose m'échappe au sujet de votre amie. Elle vous interdit de la touchez, expliquiez-vous hier. Surprenant, de nos jours. Vous la connaissez depuis combien de temps ? Je suis peut-être indiscrète !

– Son ami se trouve dans le coma, et elle tient à lui rester fidèle. On se connaît depuis plusieurs semaines. Deux, trois mois...

– D'où ses exclamations *Non, je ne veux pas !*

– Elle dit *Oh non, pas ça !*

– Vous le supportez ?

– Pas toujours. Surtout, je ne la comprends pas. Pour moi, la femme d'aujourd'hui...

– Oui, la femme d'aujourd'hui... Expliquez-vous !

– Il s'agit d'une opinion personnelle. Elle n'engage que moi... Je ne suis pas à sa place. Moi, je parle selon ma propre logique d'homme. Sans doute est-ce différent pour une femme !

Du coup, j'avale une goutte de café et je fini le morceau de croissant que je tiens à la main. Elle demande :

– Vous aimez prendre le petit déjeuner au lit ?

– Jamais au lit. D'autant meilleur. Oui, j'apprécie...

J'allais ajouter *Surtout en compagnie d'une jolie femme !* Vaut mieux se taire...

– Oui, vous disiez donc, la femme d'aujourd'hui...

– Il s'agit, je le répète d'une opinion personnelle. Elle doit se montrer sérieuse, tout en sachant faire la part des choses.

– Qu'appelez-vous *faire la part des choses* !

– Personnellement, je n'aurais pas attendu. Encore une fois, je ne porte pas de jugement. J'exprime une opinion personnelle.

Difficile de se mettre à la place des autres. S'ils s'aiment très fort, son comportement peut se comprendre. Logique qu'il puisse passer avant moi. Impossible de le lui reprocher. Même si ses exclamations *Oh non, pas ça !* peuvent prêter à sourire. Belle preuve d'amour. D'où, profond respect. Pourtant, difficile à supporter... Il faut me comprendre !

– Les femmes ont une approche différente de la sexualité. Avant tout, un acte d'amour. Pour vous, les hommes, plus fonctionnel. Vous faites ça, un peu comme on se brosse les dents.

Merci pour la comparaison !

Je balance la tête de gauche et de droite. À la longue, l'habitude...

– Peut-être... Je ne sais pas ! Le désir s'émousse probablement avec le temps. Pourtant, lorsqu'on aime (je songe à Maria). Disons, qu'aux traversées du désert, succèdent des périodes plus heureuses jusqu'à retrouver des réflexes d'adolescent... On aime comme aux premiers jours.

– Vous pensez...

– Il me semble, oui.

Nous restons un moment silencieux, à finir notre bol de café. Oui, le temps de réfléchir, de se poser des questions.

– Vous allez me trouver curieuse, mais quel métier exerce votre amie Géraldine ? Vous dites *Elle ne peut pas faire d'écarts !*

– Elle est juge...

– Oh, là ! Vous ne la craignez pas ?

– Non... Vous savez, les magistrats sont des gens comme vous et moi. Oui, je comprends votre exclamation. Moi-même... Elle le cachait, au début. Lui aurais-je serré la main ? Peut-être pas. Une sainte horreur de ces gens là. Véritable répulsion. Non, je n'aime pas.

– À ce point !

– Si l'on venait à me présenter un couple en m'annonçant *Monsieur est juge*, je ne lui serrerais pas la main. Tout en lui demandant de bien vouloir me pardonner.

– Au départ, vous n'imaginiez la profession exercée par votre amie.

– Non... Pour moi, il s'agissait d'une femme comme les autres. Et puis, le temps d'apprendre à la connaître. Oui, une femme comme une autre.

– Et si... Supposons... Nous descendons tout à l'heure, lorsqu'arrive une de mes sœurs avec son mari qui exerce le métier de juge... Votre attitude ? Vous lui serrez la main ?

Je réfléchis. Elle doit se dire *Drôle de comportement !* Oui, il faut reconnaître que... Enfin, pardonnable, nous avons tous nos petits travers. Face à mon silence, elle observe :

– Vous pourriez dire *Non.*

– En fait, je lui serrerais la main. Vous savez, comportement très irrationnel.

– Pourtant votre amie exerce le métier de juge ! Supposons, vous la rencontrer en compagnie d'un autre juge ?

– Je lui serrerais la main. Uniquement, pour l'épargner. Par contre, ailleurs... Non, je ne pourrais pas tendre la main.

– Vous en avez parlé à votre amie ?

– Pas vraiment ! Non...

– Vous éprouvez ce genre de réaction pour d'autres professions ?

– Aucune, non.

– Et justement, vous tombez sur une juge ! Pourtant, vous l'aimez...

– Beaucoup... Seul regret... Ses exclamations *Oh non, pas ça !* Que je respecte, malgré tout. Une certaine admiration. Tellement rare de nos jours !

– Votre relation, depuis trois mois !

– Sa profession ne me dérange pas. Malgré tout, parfois, je ne manque pas de la chahuter sur le sujet. Mise en boîte qu'elle n'apprécie pas toujours. Pourtant...

– Elle ne dit rien !

– Bon caractère...

Sauf, pendant ses petites affaires. Évidemment, difficile d'évoquer le sujet. Mieux vaut prévoir, prendre le temps de repérer la date et de mettre une croix sur le calendrier. Infernale pendant ces périodes... Elle raconte tout, et n'importe quoi. Au début, très surprenant ! Et alors, il faut entendre ses reproches...

– Lorsque vous évoquez, j'imagine, les dérapages de la justice. Puisque tout le monde en parle. Vous abordez le sujet...

J'éclate de rire...

– Elle cesse d'observer *Vous vous faites une fausse opinion de la justice... Les magistrats font un travail merveilleux. Le mieux qu'ils peuvent, dans les règles de l'art. Malgré les faibles moyens dont qu'ils disposent...*

– Vous la croyez ?

– Oui, la vérité. Certainement... Je l'observe à travers son comportement. Le cœur sur la main, elle travaille sans compter. Pourquoi les autres juges se comporteraient-ils autrement ? D'un côté, je les admire.

– De l'autre, vous les détester... Au point de refuser de serrer la main à un juge. N'est-ce pas contradictoire ?

– Très… Nous avons tous une histoire, des expériences, et nos têtes de turcs. Pas toujours très rationnel. J'en conviens…

– Vous pensez qu'on peut aimer et détester tout à la fois ?

– Absolument, oui. Si un juge venait à tomber au fond d'une crevasse, je m'efforcerais de le sauver. J'oublierais sa profession et ma rancune.

– Revenons à Géraldine. Votre histoire, ne pas pouvoir la toucher m'intéresse. Jamais couché avec elle ?

– Une fois…

– Donc…

– Non, rien… Voyez-vous, jamais je ne me permettrais un geste déplacé, de déranger. Bref, de profiter d'une situation.

J'ignore pourquoi, mais… Les larmes me montent aux yeux. Aussitôt, je les essuie discrètement avec ma serviette. Puis, nos mains se rencontrent… Évidemment, je n'ose pas la regarder. J'ai surtout envie de m'exclamer *Que je suis bête ! Que je suis bête !*

Naturellement, Corinne ouvre la porte au même moment…

– Vous pleurez tous les deux !

Sous la surprise, elle s'immobile un instant au pied du lit à nous observer. Puis, elle débarrasse les plateaux, sans poser la moindre question. Enfin, elle quitte la chambre… Lorsqu'elle revient tirer les rideaux. Nous laissant ainsi seuls dans la pénombre.

Enfin, elle referme la porte délicatement, sans le moindre bruit. Je l'entends s'exclamer :

– Ils se tiennent la main et ils pleurent…

Décidément, je n'en rate pas une !

Je montais en voiture, lorsque je vois les deux sœurs courir dans ma direction en agitant les bras. Aurais-je oublié quelque chose ? Pourtant, rien descendu de la voiture. Il aurait fallu prévoir : un sac, quelques affaires… Une fois les affiches collées, je pensais rentrer à la maison. Tout simplement…

Ici, je découvre la chaleur d'une famille. Grand tour de jardin, en compagnie du papa. Conversation amicale, chaleureuse. Déjà, il me voit devenir son gendre. Brave homme... Naturellement, il me vante les mérites de Carole *Un trésor de fille !* Tout ceci me fait sourire. Pour lui, l'affaire semble bien engagée. Là encore, inattendu.

Corinne prend la parole :

– Avant que vous ne partiez... Nous ne connaissons ni votre nom, ni votre adresse.

Je sors une carte de visite de ma poche.

– Et puis, autre problème... Papa...

– Que puis-je pour lui ?

– Beaucoup... Si vous pouviez revenir... En ce moment, sa santé décline. Or, curieusement, en votre présence... Hein, Carole !

– Très vrai... Papa se porte beaucoup mieux. Meilleur moral ! Vous reviendrez…

– Oui, je reviendrai.

– Important pour nous. Vous savez la scène d'hier soir, et Dieu sait si nous en avons connues, jamais on n'oubliera. L'impression… Présence d'une clarté anormale, étrange. Lumière plus chaude, couleurs plus vives. Difficile à expliquer.

– Surprenant ce que vous dites !

Du coup, je descends de voiture. Besoin d'exprimer mon ressenti. Je regarde l'une, je regarde l'autre. Le temps de m'interroger. De me demander si elles ne se moquent pas de moi.

– Peut-être bizarre, mais... On le sent revivre. L'impression qu'il reprend goût à la vie. Important, pour nous. Nous le regardions hier soir, prêt à s'investir pour coller des affiches. Ces derniers temps...

– C'est le mot, on le sent revivre. Très important pour nous. Vous ne pouvez pas comprendre ! s'exclame Carole.

– Vous allez trouver ça curieux, mais j'éprouve les mêmes impressions depuis la rencontre de Géraldine. L'impression étrange qu'un projecteur éclaire tous les endroits où je me trouve. C'est pourquoi je ne cesse de répéter *Géraldine, ma bonne étoile !* Or, curieusement, vous tenez les mêmes propos. Depuis cette rencontre, tout me réussit. J'éprouve la sensation dont vous me parlez. Présence d'une clarté mystérieuse autour de moi. Je n'imaginais pas que d'autres puissent éprouver les mêmes sensations. Important pour moi-aussi. Surtout très émouvant...

– Exactement l'impression que vous décrivez. Présence d'un projecteur qui éclaire et ravive les couleurs. Papa me disait ce matin. *J'ai bien dormi, je respire mieux. Je me sens revivre. Si seulement, il pouvait revenir.* Vous voyez, ça va dans le sens de vos propos. On n'invente pas. Votre présence nous apporte quelque chose d'étonnant ! s'exclame Carole les larmes aux yeux.

Du coup, Corinne se retrouve, elle aussi, la larme à l'œil.

– Ce matin, avant que vous ne descendiez, il parlait de tailler ses arbres. Est-ce une idée, il communique facilement avec vous. Se serait-il livré à quelques confidences. Vous aurait-il parlé d'un frère, de quelques années son aîné, qu'il n'a jamais connu ? De son père...

– Si... Mais...

– Tu vois Carole... Je m'en doutais... Il s'est exclamé, en parlant des arbres fruitiers bons à tailler *Si seulement, il pouvait venir m'aider ! En s'y prenant à deux, on aurait vite fait...* Évidemment, papa ne se rend pas compte. On ne se connaît pas ! Il s'imagine que Carole et vous... Vous comprenez...

– Je m'en suis rendu compte. Ah oui ! Il m'a parlé aussi d'une de vos sœurs qui habite dans les montagnes. Il ne cessait de répéter *Une fille pleine de vie !*

– Notre grande sœur. Pas mariée... Contrarié, papa répète souvent *J'espère qu'elle trouvera quelqu'un !* Le temps passe, et elle reste célibataire.

– Si vous pouviez revenir, vous joindre à nous à l'occasion d'une fête ! Vous savez, l'été, sur la pelouse, on installe de larges planches sur tréteaux et nous festoyons. Ainsi, avec papa, vous auriez de quoi discuter. Il va sûrement vous faire la leçon. Et puis, justement, vous pourriez rencontrer notre grande sœur, dit-elle en riant.

– Celle qui figure sur une photo collée sur le frigo ! Une jeune femme se tient légèrement penchée en avant, les mains sur les hanches...

– Elle parle à son chien ! Vous l'avez donc remarquée ! Oui, c'est elle. Vrai, qu'elle ne passe pas inaperçue. Très belle... Par contre, elle n'aime pas trop qu'on la regarde.

– Pourquoi ?

– Ça l'énerve, dit-elle. On vous mettra entre Carole et papa. Il va vous dire *Mon garçon...* Ça, il vous remettra les idées en place. Votre manière de plaindre les patrons. Vous viendrez !

– Bien sûr... Pourquoi riez-vous ?

– Papa ne manquera pas de réagir à vos propos. Il a toujours été très engagé.

– Autrefois, il vous emmenait coller des affiches ?

– Enfants, oui. Quoique nous restions toujours en retrait, avec maman. Un homme très bon. Marqué par une enfance malheureuse, ancré à gauche. Il militait pour défendre l'ouvrier, le petit, afin que chacun puisse trouver sa place dans notre société. Vous savez, son engagement part d'un bon sentiment, volonté de justice pour tous.

– Quoique souvent objet de dérives, ces mouvements ne manquent pas de noblesse.

Touchant... Secrètement, ne chercheraient-elles pas à me retenir. Quelques arrière-pensées ? Ceci dit, beaucoup de filles se sentent proches de leur papa. Obligé de rentrer dans leur jeu :

– Je vous trouve étonnantes. Surtout, capables de prendre de la hauteur par rapport à vos actions. Vous militez, en prenant le temps de réfléchir, de vous poser des questions. Très rare... Habituellement, les gens restent ancrés sur leurs positions. Beaucoup de sagesse dans vos propos. Si, je pense...

Égalité pour tous, face à l'adversité. Aider le pauvre... Et si le riche se montrait capable de quelques largesses, de se montrer plus humain ! Les grands patrons se ridiculisent parfois, avec leurs histoires de stock-options... Complément de salaire déguisé, échappant pour une large part à l'impôt. Bref, ils s'en mettent plein les poches ! Image peu flatteuse... Surtout deux poids et deux mesures. D'un côté, les seigneurs. De l'autre, les larbins. Condition dont beaucoup s'accommodent fort bien.

En ce qui me concerne, depuis l'histoire des médiums — est-ce pour me donner bonne conscience ! — je fais du social lorsque l'occasion se présente. Il m'arrive de proposer plus, par rapport au prix demandé. Jusqu'à demander *Ça ne vous dérangerez pas de prendre plus cher !* Je fais ce que je peux !

Allait-on se quitter comme ça ? Obligé de s'embrasser, de les serrer dans mes bras. Que du bonheur ! Soudain, voilà que le papa apparait, la larme à l'œil.

Enfin, je suis parti le cœur gros. Si émouvant ! J'étais loin de m'imaginer connaître de telles émotions. Grace à qui ? À Géraldine, ma bonne étoile !

Plus loin sur la route, j'y pense soudain en riant. Corinne m'a remis le sac en plastique avec sa drouille. Elle doit se dire, telle que je la connais *Je suis certaine qu'il ne va pas la jeter, qu'il va l'ouvrir de temps en temps. Et puisque sa copine Géraldine ne cesse de s'exclamer* Oh non, pas ça ! *Je ne serais pas surprise, si... Un homme n'est qu'un homme !*

16. La maman de Véro

– Ça va, papa !

– Ça va...

Le corps à moitié dissimulé derrière la porte, elles m'observent et se moquent de moi, Se côtoyer jour après jour entraîne automatismes et complicités. Pas trop mécontent du résultat.

Naturellement, elles disparaissent dans la cour pour se tordre de rire. Que préparent-elles encore ? À les entendre... Un coup fumant ! Elles se paient ma tête, elles me font marcher. Pour un peu, je leur servirais de guignol.

Quelque chose d'important, car elles éclatent de rire à chaque instant. Elles se retrouvent ainsi, souvent, pliées en deux, à rire, à rire... Oh oui, très important ! Ça, je leur sers de marionnette ! Une marionnette dont elles viennent tirer, tour à tour, les ficelles.

– Papa, si ça n'allait pas, tu nous le dirais ! Et puis, tu dois tenir tes promesses...

– De quoi parlez-vous ?

– La semaine dernière, tu as promis. Nous sommes tes filles, et tu dois nous servir d'exemple. Surtout, tenir ta parole.

Valérie intervient :

– Imagine que tu ne tiennes pas ta parole ? Comment pourrais-tu ensuite nous faire la morale ? On répondrait *Toi-même, tu ne tiens pas tes promesses.* Bref...

– Mais de quoi parlez-vous ? J'ai promis quelque chose, moi ?

– Oui, tu as promis la semaine dernière. Tu cherchais à te défiler, et tu as promis. Aujourd'hui, difficile de nous répondre *Non*. Mauvais pour notre éducation. Ah, mon petit papa, tu croyais y échapper ! Te voilà obligé d'y aller !

– Aller où ?

– Tu ne te souviens plus ! Ah, lorsque tu ne veux pas te souvenir !

– Expliquez-vous ! Qu'ai-je donc promis la semaine dernière ?

– D'aller prendre l'apéritif chez la maman de Véro.

– Pourquoi riez-vous ?

– Parce que... Figures-toi qu'elle est allée chez le coiffeur. Or, une femme qui cherche à plaire va chez le coiffeur pour se faire une beauté.

– Vous, alors !

Pas complètement faux. La preuve, Claudia... Immédiatement, je craque. Alors que je ne la voyais pas ! Parfois, il faut peu de chose. Et puis, une femme qui va chez le coiffeur... Il s'agit tout de même d'un signe...

– On a tout de suite compris. On s'est dit *Tiens ! Tiens !* Refuser de venir la semaine dernière à certainement joué en ta faveur. Tu deviens plus intéressant à ses yeux. Elle doit se dire *Enfin quelqu'un de sérieux !* Un autre n'aurait pas hésité. Surtout les célibataires... Invités à un apéritif, ils arrivent la valise à la main.

– Qui vous a raconté ça ?

– La maman de Véro. Inscrite dans une agence matrimoniale, elle ne trouvait personne à son goût. Faut dire qu'elle est vraiment bien. Superbe !

– Valérie, je croyais que tu n'aimais pas les tâches de rousseur ! Au point de vouloir t'acheter une crème dont je ne me souviens plus le nom *Crème Annie* ou quelque chose dans le genre. Tout ça, pour trois taches de rousseur !

– Ici, et autour du nez !

– Moi, je te trouve très belle avec tes taches de rousseur. Vraiment, je ne comprends pas !

– Elle, c'est différent. Très jolie... Petite femme, bien faite. Sûr, qu'elle te plairait...

– Et si elle ne me plaît pas !

– Justement, ça ne t'engage à rien. Personne ne t'oblige. Viens la voir... Je suis sûr qu'elle t'attend. D'ailleurs, imagine, elle se rend chez le coiffeur spécialement pour toi.

– Pas sûr...

– Mais si... Très bonne stratégie de dire *Non*. La voilà à tes pieds. Presque dans ta poche.

Pourquoi ne pas dire, dans *ton lit !*

Bonne stratégie... Comme si je cherchais à la séduire ! Absolument pas. Je me contente de mes conquêtes. D'ailleurs, toutes différentes, toutes très jolies. Surtout, elles me tombent du ciel. Voilà le problème. La providence... Grâce à Géraldine, ma bonne étoile ! Avant elle, inutile d'en parler. Non, il se passe quelque chose. La chance... Il suffit de tirer le numéro gagnant, et la vie se présente sous d'autres couleurs. Peu de chose, parfois. Une rencontre...

– Et Géraldine !

– Elle ne veut pas venir habiter avec nous. Elle parle de partir. Allez, viens ! Tu ne risques rien. Elle ne va pas te violer.

– Vous ne me laisserez pas tout seul !

– Que veux-tu dire ?

– Vous seriez encore bien capables de vous éclipser au moment où l'on se serre la main. Exprès, pour me laisser seul avec elle. Et alors là...

– Arrête de dire des bêtises et viens.

Elles ne comprennent pas la situation. Maria, je l'aime par-dessus tout. La fille de mes rêves. C'est dire...

Quoiqu'il en soit, obligé de les suivre. Promis, c'est promis... Ça, elles savent y faire... Impossible d'y échapper. Oui, montrer l'exemple. Beaucoup de parents conseillent à leurs enfants *Faites ceci ! Faites cela !* Alors qu'ils ne respectent rien. Mauvaise méthode ! L'enfant observe et s'inspire des modèles qu'il trouve autour de lui. Certes, je pourrais trouver une échappatoire. Non, impossible... Elles le savent et en profitent...

— Ah, c'est bien pour vous faire plaisir !

— Habille-toi bien ! Pas trop, juste ce qu'il faut !

Elles sont futées *Bien, pas trop !* Pour ne rien laisser paraître. Elle qui va chez le coiffeur ! Sans doute va-t-elle rougir un peu !

— Aller, aller...

— Voilà qu'elles m'attrapent, me poussent dehors. Même plus maître chez soi. Puis, elles ferment la porte à clé. Vraiment, plus rien à dire...

— Il ne faut plus vous gêner !

— Allez, mon petit papa ! Et pas d'histoires. Tu as promis... Alors, tu vas te laisser conduire bien sagement... Pas trop stressé !

— Si, un peu...

Il faut se mettre à ma place. Je ne la connais pas. Contre ma volonté. Obligé de céder. Bien sûr, sa fille vient jouer à la maison. Normal de se rencontrer. Dans la logique des choses. Tout de même, elle a confiance !

Les gamines disent qu'elle cherche quelqu'un. Donc elle y pense. Elle peut se dire *Peut-être que... S'il me plaît.* Un seul loyer à payer. Charges divisées par deux. Et puis, l'amour tous les jours. Le matin, le soir. Ça compte... Surtout, les gamines se connaissent... Que des avantages. D'ailleurs, ai-je le choix ? Je marche au milieu d'elles, tel un âne. Véro n'est pas la dernière à rire. Sûr, qu'elle comprend la situation.

Vrai, assez tendu. Je pense surtout à Maria, la fille de mes rêves. Reste qu'on ne se marie pas avec la fille de ses rêves. Autre souci, mes trois enfants. Elle, pucelle... Quand elle va apprendre la nouvelle, je ne serais pas surpris que la Mama vienne à me courser, le manche à balai à la main. Cathy à Paris. Artiste, elle restera célibataire, sans enfant. Claudia, trop jeune... Quant à Géraldine, elle va partir. Et puis, toujours à entendre ses *Oh non, pas ça !* On dit, mais la vie n'est pas facile !

Ainsi, lorsqu'on regarde la situation de près. Vrai que...

– Papa, ça va mieux !

– Mon cœur commence à battre...

Je le dis pour rire... En réalité, malgré tout, oui je le sens battre.

Enfin, on arrive et je ne peux m'empêcher de sourire. Elles me poussent vraiment dans ses bras. Si encore elle était bien. Reste qu'elles ont bon goût. Quand je rentre dans un magasin pour m'acheter un vêtement...

– Vous me mettez dans des situations. Vraiment embarrassantes. Que vais-je lui dire ?

– Mais rien... Ne t'inquiète pas. Et puis, elle est probablement dans le même état... Très stressée, elle-aussi... Jusqu'à en pousser une suée.

Soudain, la porte d'entrée s'ouvre et voilà qu'elle apparaît, sur le bord de la marche, le sourire aux lèvres. Première impression... Excellente ! Les gamines disent vrai. Vraiment, belle petite femme ! Depuis le temps qu'elles me tarabustent sur le sujet. Voilà, c'est fait. Arrivent les formules de présentations, de politesses :

– Soyez le bienvenu !

– Enchanté... Ravi de vous connaître !

Oui, très belle. Menue, bien faite... Tâches de rousseur plein le visage. Beaucoup de charme. Séduisante et très active.

Elle me fait visiter sa maison. Sans trop insister. Uniquement pour donner une idée du cadre dans lequel elles évoluent... Maison modeste, mais confortable. Beaucoup de goût...

Je ne peux m'empêcher de sourire en regardant sa coiffure. Nul doute, qu'elle se donne du mal pour me plaire. En réalité, naturellement belle. Curieusement, même les femmes les plus jolies éprouvent le besoin d'aller chez le coiffeur pour se donner l'illusion de se montrer plus belles encore. Vrai parfois... Pas toujours. J'essaie de deviner, en la regardant...

Puis, l'on assoit. Les filles ne cessent de rire, de se donner des coups de coude. Heureuses de nous voir réunis ou, tout simplement, d'avoir monté cette affaire derrière notre dos. Probablement les deux. Même attitude que si elles venaient de confectionner un pétard. Elles s'attendent de le voir exploser. Alors, elles rient...
Obligé de prendre la parole.
— Vous savez, la semaine dernière, les filles m'ont arraché la promesse de venir prendre l'apéritif chez vous !
— Vous ne vouliez vraiment pas venir !
— Évidemment, Véro vient souvent à la maison... Une rencontre s'imposait...
— Alors, écoutez... Très souvent, je songeais à vous téléphoner, ou à venir... Pour vous posez la question *Ne vous dérange-t-elle pas ?* Vos filles ne cessent de répéter *Mais non, papa est d'accord !* Je me dis *L'est-il vraiment ?* Moi, ça me gêne...

Valérie intervient :
— Un jour, au début, on jouait dehors... Brusquement, plus de Véro. On la cherche partout. Elle dormait dans le petit lit.
— On m'a rapporté l'anecdote. De plus, elle vous appelle *Papa !*
Obligé d'intervenir pour rectifier :
— Uniquement le soir, lorsqu'elle se retrouve au lit !
Tout ceci nous fait rire. Honteuse, Véro se blottit contre sa maman. Je me sens à la fois confus et attendri. Un peu contrarié aussi.
— Disons qu'aujourd'hui, elle fait partie de la maison. Elle va-et-vient comme chez elle. Un peu ma petite dernière. On l'aime, dis-je en faisant un clin d'œil à sa maman qui se montre visiblement fort attendrie par mes propos.

— Vous êtes quelqu'un d'étonnant ! s'exclame-t-elle.
Quelqu'un d'étonnant ! Sûrement pas. Quelqu'un qui cherche

surtout à s'en sortir. Et puis, des gens étonnants ! En existe-t-il vraiment ? Nous-mêmes, nous ne cessons de décevoir. Parfois pourtant, il suffit d'une rencontre. Et nous tombons sur une perle, un être d'exception. Quelqu'un avec qui l'on se sent bien, avec qui l'on se retrouve d'accord sur tout. Jamais une fausse note. Rare, mais ça existe...

– Certainement pas. Sinon, je ne me retrouverais pas seul, avec trois enfants. Non, j'essaie simplement de m'appliquer, de montrer l'exemple. Et si possible, le bon exemple... Ainsi la promesse de venir prendre l'apéritif la semaine dernière. Obligé de tenir parole. Alors, je suis là. Évidemment, les petites le savent et en jouent... Sur le coup, j'ai promis comme ça. Sans me rendre compte des conséquences, que ces paroles m'engageaient...

– Vous savez, je ne vous mangerais pas.

– On devait se rencontrer. Véro vient trop souvent à la maison. Même pour vous. Je me disais régulièrement *Sa maman doit se poser des questions et elle n'ose pas venir...*

– Très vrai... Difficile pour moi, de venir frapper à votre porte. Vous êtes un homme, moi une femme. Et...

Oui, rapports difficiles. L'impression que le plus banal de nos actes cache des arrière-pensées. Toujours en porte-à-faux, quelque soit notre attitude... D'où un certain malaise. Alors, on préfère renoncer en s'inventant des prétextes.

– Je comprends... Moi-même, je ne souhaitais pas venir... Excusez-moi, mais... Léger malaise.

Du coup, nous rions

– Allez, racontez-moi tout. La peur de me rencontrer ?

– La peur, non. J'entendais souvent parler de vous par mes filles.

– En bien, j'espère...

– Toujours en bien. Elles vous trouvent toutes les qualités. Du coup... Je préférais ne pas vous connaître.

– Tiens, curieux ! Dans le cas contraire, vous veniez plus volontiers.

– Plus volontiers, oui. J'évite de créer des liens durables avec une femme. Je préfère m'abstenir dans l'immédiat...

– Suite à une déception ?

– Oui... Ainsi, lorsque les petites me répètent *Elle est bien, elle est...* Je préfère me tenir à l'écart. Et puis, finalement... Bref, je suis là. Ah, vous pouvez rire ! Ce n'est pourtant pas drôle !

Et même, pas drôle du tout. On pourrait se trouver des affinités. Elle pourrait me plaire. Et je me retrouverais une nouvelle fois, la corde autour du cou. Mieux vaut ne pas tenter l'expérience. Surtout, je viens de traverser une période difficile. Un divorce; jamais drôle pour personne. On parle toujours des enfants. Il faut aussi penser au père. Peut-être le plus malheureux. Face à son observation *Vous êtes quelqu'un de merveilleux !* Mon ex. s'exclamerait *Vous ne le connaissez pas. Un drôle de coco* ! Elle dira plus tard aux filles *Maman ne pouvait pas rester. Maman était malheureuse. Maman a bien pleuré de ne plus vous voir.* Bref, mari invivable. Et pourtant, comprenne qui peut, elle laisse ses trois filles auprès d'un montre !

On ne plaît pas à tout le monde. Et puis, même si j'étais réellement merveilleux... Il reste toujours un doute. Tant mieux !

– Vous ne regrettez pas trop !

– Un peu, si...

– Comment dois-je le prendre ?

– Comme un compliment... Si vous étiez moche et ridée, je me sentirais... Je ne sais pas...

– Mieux dans votre peau.

– Voilà, mieux dans ma peau. En la circonstance, les petites n'ont pas menti. Vous êtes vraiment séduisante, quelqu'un de bien !

Évidemment, les gamines se tordent de rire.

– Ah, vous m'avez joué un drôle de tour !

Une manière de dire *Vous savez, vous me plaisez beaucoup. Je suis tombé sous le charme.* Malheureusement, pas prêt à revivre une telle expérience. Du coup, je me lève pour partir. Elle s'exclame :

– Vous partez déjà !

– Pour préparer la soupe.
– Reprenez un apéritif !

Évidemment, les petites interviennent à l'unisson :
– Aller papa ! Aller papa !
Y compris Véro. Ce qui nous fait bien rire. D'abord, elle commence dans un murmure, puis elle s'enhardit jusqu'à crier aussi fort que les autres en sautant à pieds joints *Aller papa !*
Émouvant, si émouvant, qu'on se sent monter des larmes aux yeux.
Du coup, impossible de s'éclipser. Curieusement, Véro vient poser sa tête contre mon genou. Alors, instinctivement, je l'assois sur moi. Puis, voilà qu'elle se blottit au creux de mon épaule. Sa maman n'en revient pas.
– Ça alors !
Évidemment, les grandes viennent la caresser tout en riant. Oui, extraordinaire ! Je m'attendais à tout, sauf à une telle issue. Visiblement, elle souhaite me voir rester. Une manière aussi de montrer qu'elle me voudrait pour papa.

Très touchant... Me voilà bien ennuyé. Surtout en pensant à Maria. Décidément...
La maman de Véro, voyant l'attachement que me porte sa fille, finit par verser une larme, puis deux. Finalement, nous pleurons tous.
– Et moi qui m'étais mise du Rimmel ! s'exclame-t-elle, je vais me retrouver dans un état !
Du coup, nous voilà tous pliés en deux. J'interviens :
– Mettez la main devant votre bouche. N'allez pas baver sur le carrelage. Vous n'êtes pas dans la pelouse.
Évidemment, elles rient de plus belle. Impossible de les arrêter. Quand la maman à Véro réapparaît enfin, en se tamponnant les yeux avec un mouchoir, elles reprennent leur fou rire.
– Le carrelage ! Vous m'entendez !

Rien n'y fait... Obligé de rire avec elles. Évidemment, Annette se tient à genoux par terre.

– Votre main ! Excusez-moi, mais elles vont baver partout ! Vous n'êtes vraiment pas sortables... Ah, vous pouvez être fières de vous !

Évidemment, la maman de Véro prend leur défense :

– C'est rien... Un coup de serpillière. Et puis, quelle rigolade ! Ça fait du bien…

– Que de larmes...

– Vous avez des filles vraiment charmantes. Souvent, je souhaitais vous poser la question *Comment faites-vous ?* Pleines de vie, si spontanées, si agréables. Et puis, autre sujet d'admiration, elles s'expriment clairement... Facilité d'expression étonnante. La mienne ne décroche pas un mot.

– En revanche, elle sait se faire comprendre.

– C'est vrai. Elle vient encore de le prouver, ce soir. Très émouvant... Vous partez !

– La soupe...

Les filles s'exclament à l'unisson :

– Venez la manger avec nous !

– Oui, venez la manger à la maison.

– Oh, je voudrais bien ! Mais, regardez dans quel état je me retrouve...

– On mangera aux chandelles ! observe Valérie.

Elles ont réponse à tout. Et puis, pas le temps de réfléchir que déjà les quatre filles la prennent par la main. Bref, pas le choix, elle non plus. Elle doit venir...

– Vous savez, même méthode pour m'obliger à me rendre chez vous. Impossible d'y échapper.

Naturellement, il fallait s'y attendre, une fois dehors, elles disparaissent... Ayant les clés, elles courent probablement à la maison. On se retrouve à marcher côte à côte.

– Si je comprends bien, observe-t-elle, nous n'avons pas notre mot à dire !

– Elles le font, pensent-elles, pour notre bien. Dans leur tête, elles s'imaginent... Et puis, elles s'amusent...

J'allais ajouter *elles cherchent à nous rapprocher.*

– Oui, ça part d'un bon sentiment.

– Seulement, entre le rêve et la réalité... Et puis, trop déçu. Je ne voudrais pas revivre une telle expérience. J'ignore comment vous vivez votre séparation, mais pour moi... Sans doute moins douloureux pour une femme !

– Ne croyez pas ça... J'en ressors complètement brisée. Heureusement, j'ai ma fille. Et pour vous... Il faut tout de même s'en occuper !

– C'est vrai... Mais, je m'en sors...

S'il n'y avait pas Maria... D'autant qu'il faut le reconnaître, belle petite femme. Charmante... Que la vie est compliquée ! Quand je vais rapporter l'anecdote au psy... Il va s'exclamer *Encore une !* Pourtant, je n'y suis pour rien. Traîné de force jusqu'à sa porte. Je criais au fond de moi *Non ! Non !* Vraiment pas de ma faute !

Alors, on a mangé la soupe. Que de rires, que de larmes ! Puis, obligé de la raccompagner chez elle. Avant de partir, de se quitter... Long moment de silence. Puis, elle s'est exclamée *Il faudra qu'on se revoit !*

17. La maman de Véro

Envie de réfléchir, de faire le point. De tranquillité surtout. Après cet épisode, je parle de la maman de Véro... Toutes ces histoires me montent à la tête. À ne plus savoir où j'en suis. Oui, vraiment une belle petite femme. J'avoue que... Elle me plaît !

– Alors papa, la maman à Véro !

– Bien... Oui, très bien !

– Tu comptes faire quoi, maintenant ?

– Rien...

– Tu as tout de même une petite idée. Tu peux te dire *Elle me plaît, j'aimerais qu'elle vienne habiter à la maison !*

Je m'assoie dans le lit, entre les draps, et j'ajuste la taie d'oreiller derrière ma nuque :

– Mais, écoutez... Il m'appartient, à moi, et à moi seul, de décider. Elle me plaît, c'est vite dit. Et puis, où la coucher ? Dans le living ?

– Dans ton lit. Au début, vous mettez un traversin entre vous deux. Et après...

Elles ont vite fait... On se connaît à peine. Il sera toujours temps de voir venir. Dans six mois, dans un an... Entre-temps, elle aura trouvé quelqu'un. Et puis, je ne lui plais pas forcément. Devant nous, elle peut laisser paraître quelques sentiments. Pour penser le contraire derrière notre dos. Se retrouver avec quatre enfants sur les bras ! Autres ambitions, peut-être... Refaire sa vie...

– Elle a peut-être son mot à dire, elle-aussi !

Soudain, nous rions... Véro vient de ramener sa taie d'oreille pour s'installer à côté de moi, dans mon lit, entre les draps. Elle, d'un côté. Moi, de l'autre... Alors, on se regarde. On se sourit... Elle sait se faire comprendre.

Pour le plus grand plaisir des gamines. Elles ne cessent de rire. La petite aussi. Pour un peu, je n'aurais plus rien à dire.

– Alors, papa !

– Quoi, papa ? Vous ne voulez tout de même pas une réponse ce soir ! Au fait, sa maman sait-elle que Véro dort ici ! Sinon... Faut se mettre à sa place.

– T'inquiète pas, tout est arranger ! Alors, elle te plaît ?

– Je ne sais pas encore !

Et puis, elles ne font suer. Voilà le mot... Moi, j'éprouve le besoin de rester la tête sous la couette pour repasser certaines images. La revoir, me laisser aller à rêver... Oui, belle petite femme. Très frustrant, de répondre à toutes leurs questions. Comme si j'allais prendre une décision ce soir ! Et puis, je ne la connais pas. Les apparences sont parfois trompeuses. Je pourrais me retrouver enchaîné et peut-être malheureux. Supposons qu'elle soit frigide ! Ça existe... Impossible de la toucher. Demain... Toujours demain. Belle, mais... Demain...

– Alors, papa ! Tu te décides ?

– Pas de décision ce soir. Il faut du temps...

– Combien de temps ?

– Au moins un an ! Ça demande de la réflexion. Imaginez que... Enfin, pour vous tout est facile. Mais imaginez...

– On n'imagine rien du tout. Tu nous fais marcher. Ah, il va falloir que tu t'expliques ! Que tu nous dises si elle te plaît ou non.

– Vous croyais que c'est l'heure ! Franchement...

– L'heure, on s'en fiche, on ne quittera pas ton lit avant d'avoir une réponse.

Oui, parce qu'en plus, elles se tiennent toutes les quatre assises sur mon lit. Glissée dans les draps, la tête sur l'oreiller, Véro se tient les bras croisés dans une position semblable à la mienne. À se demander si elle ne se moquerait pas de moi, elle-aussi. Ah, il faudrait la prendre en photo ! Et dire qu'elles me parlent d'intimité. En ai-je, moi, de l'intimité ? Évidemment, les gamines jouent sur les sentiments.

– Véro, tu voudrais bien habiter ici, avec ta maman ?

La gamine me regarde, avant de répondre *Oui* de la tête. C'est une enfant... Et puis, il faut le reconnaître, elle a déjà son lit. Nul doute, toutes les conditions sont réunies. Elles n'ont pas tort les filles. Et puis, la maman... Vraiment superbe ! Menue, agréable... J'aime...

– Alors, papa !

– Quoi ?

– Tu te décides !

– Mais écoutez... Ai-je à me décider, à prendre une décision, là, ce soir ! Oui, j'ai vu la maman à Véro. Pas mal ! Un point c'est tout. Promesse tenue. Vous êtes vraiment drôles ! Il m'appartient, à moi, et à moi seul, de décider. Et si je voulais rester seul ! Je suis tout de même libre. Vous comprenez ça ! (J'utilise l'expression de Géraldine)

– Oui, mais...

– Allez-vous coucher. D'ailleurs, il est l'heure !

Sinon, que d'économies ! Un seul loyer à payer. Aucun frais de déménagement. Les petites s'en donneraient à cœur joie de transporter les petits paquets. Pas une mauvaise affaire ! Faudrait essayer avant... Le lit, ça compte aussi. Pourquoi se sont-ils séparés, son mari et elle ? Incompatibilité d'humeur ? Inutile de lui demander ? Elle donnera sa version.

– Papa... On le saura quand ?

– Quand, quoi ?

– Ta décision... Pour la maman à Véro !

– Mais écoutez, la question ne se pose pas. Et puis, il y a Géraldine !

– Elle ne veut pas venir. D'ailleurs, elle est partie.

Vrai, qu'elle est partie. Sans tambours, ni trompettes. D'ailleurs, je vais la voir dans quinze jours à Bordeaux. Invité à passer le week-end. Alors, pour faire plaisir, j'ai accepté. Claudia gardera les filles. Très précieuse Claudia. Surtout sérieuse. Ça, on peut compter sur elle. Heureusement qu'elle est là ! Que serais-je sans elle ? D'autant qu'elle ne demande jamais rien. En y réfléchissant, j'ai honte. Ne me réclamant pas, je ne donne pas. Tout devient normal...

Si elle venait à partir, j'en aurais gros sur la patate. Et que dire du porte-monnaie. Les aides ménagères, ça coûte. Tant de l'heure... Quant au lit... Peut-être, à condition de payer le temps passé sous la couette. Obligé de repasser le linge à sa place !

La maman de Véro ! Très bien... Pourtant... Terminé les escapades, les promenades en forêt avec Maria. Quant à partir un week-end pour aller coller des affiches. Inutile d'y compter, inutile de raconter des salades, de répéter *Nous ne couchons pas ensemble*. Géraldine, encore un autre problème ! Prétendre qu'elle s'exclame *Oh non, pas ça !* Sûr, qu'elle me prendrait au sérieux ! Elle s'ex-clamerait *Tu te fiches de moi !* Et puis, elle pourrait vite prendre du pied, jusqu'à m'enfermer. Imaginons qu'elle parte avec la clé dans sa poche. Impossible de sortir. Dur, très dur pour un aventurier. Oui, un aventurier, le terme n'est pas trop fort. Le goût des escapades... Quant à Annette... Dangereux pour son psychisme. L'histoire s'arrêterait soudain. Qu'aurais-je à raconter dans mes cahiers ? (Désormais, l'ordinateur). Bref, l'histoire s'arrêterait et elle pourrait tomber malade. Oui, l'aventure doit continuer.

– Alors, ta décision ?

– On verra plus tard ! Affaire valable, mais pour le moment... Disons que ça ne m'intéresse pas trop de rester enfermé des jour-nées entières à la maison, sans avoir le droit de sortir.

– Qui te parle de rester enfermé ?

– On ne la connaît pas ! Aujourd'hui, je vais, je viens... Je me sens libre. Pas de compte à rendre à personne. Une femme dans une maison, tout le monde vous le dira, ça change beaucoup de choses. Malgré tout...

– Malgré tout !

– Il n'y aurait pas que des désavantages !

– On pourrait vous apporter le café au lit, le matin. Et puis, Véro se sent déjà tellement bien à la maison.

Difficile d'affirmer le contraire. Elle s'est endormie. Évidemment, ça nous faire rire. N'empêche, que j'y suis tout de même attaché à cette gamine ! Sans trop comprendre pourquoi. Au fil des jours... L'habitude de la voir toujours à la maison. Elle se sent bien ici, à jouer avec les filles. Si elle parle peu, elle comprend tout. La preuve, tout à l'heure... Venue vers moi, uniquement pour montrer à sa maman qu'elle aimerait nous voir vivre ensemble.

Très touchant... Oui, besoin de réfléchir, de laisser décanter. Les gamines me demandent de prendre une décision. Impossible ! Pas ce soir, ni demain. Il faut attendre... Certains s'y prendraient autrement... La maman de Véro serait déjà entre leurs bras. Je ne fonctionne autrement. Plus sérieusement...

Autre soucis, Maria. D'une beauté ! D'où le problème. Les gens se rendraient vite compte, jusqu'à s'exclamer *Trop belle pour lui !* Et naturellement, ils ajouteraient *Quel con !* Bref, partout où j'irais j'entendrais cette exclamation *Quel con !*

À la fin, à la force de l'entendre, je finirais par porter l'étiquette. Plus ou moins, la boucle serait bouclée (le dîner de con). D'un côté, comme de l'autre... Fier de l'avoir à mon bras. Ça oui, jusqu'au moment où des regards se posent sur elle. Alors, commencent d'insupportables suspicions. Pour peu qu'elle réponde aux sourires... Si un homme n'est un homme, une femme n'est qu'une femme. Alors, à la fin, on jette l'éponge. On s'exclame *Prenez-la, moi j'en peux plus !* Ça pourrait finir comme ça. Bref, le con de l'histoire.

Après tout, peut-être le suis-je vraiment. Imaginons, que les autres s'en rendent compte, jusqu'à se consulter *Celui-là, qu'est-ce qu'il trimbale ! À mon avis, il sera suffisamment con...* On ne se voit pas soi-même. Sinon, à travers le regard des autres. Qui suis-je ? Je ne cesse de me poser la question. Qui aura la bonté de me répondre ?

On va me dire *Mais non, vous n'y êtes pas ! Ce n'est pas la fille que vous croyez. Vous allez chercher des idées. Elle vous aime, tout simplement.* Et son traitement ! Moi qui la soigne. Puis-je l'abandonner ? Déception supplémentaire. Très grave, dans sa situation. Imaginons qu'il lui arrive quelque chose. J'en suis tout de même un peu responsable Quel poids sur la conscience ! Tirée d'affaire ? Pas forcément... N'ai-je pas soulevé sa jupe. Mon attitude ressemblerait à une trahison. Non, je ne peux pas.

Géraldine insiste pour me voir descendre à Bordeaux. Le plaisir de montrer l'appartement qu'ils habitent, Dominique et elle. Ça part d'un bon sentiment. Là aussi, je porte une certaine responsabilité. Situation fragile, instable... Besoin de ma présence pour se trouver des repères ? Appel au secours ! Oui, possible... Même si je me persuade du contraire. Les encourager, leur donner quelques conseils. Très important, un regard extérieur. Non, impossible de tout abandonner. Quant à la sainte table ! Elle me manquerait... Évidemment, je pourrais me présenter, je parle de la sainte table, avec la maman de Véro à mon bras. Mais... Ayant délaissé honteusement Maria, j'imagine la réaction des convives. Le président et sa femme n'ont-ils pas célébré mon arrivée au champagne. Trop redevable pour me permettre de trahir ! Quant à la réaction de la Mama ! Imprévisible... Elle serait capable de monter sur la table, pour chercher à m'attraper. Quel scandale ! Obligé de prendre les jambes à mon cou...

Maria et Josépha effondrées, en larmes. Quelle ingratitude !
Après mon départ, la Mama resterait un long moment, debout,

les mains sur les hanches, à s'expliquer devant l'assistance réunie autour d'elle. Inutile de lui tenir le crachoir. Attention aux postillons ! L'impression de l'entendre *Il a mé dise : j'aime Maria ! Et mainténant il viené avec ouné autré femme. Qu'il né reviennéra plou ici. Loui se comporté comé ouné sainté homme, et...*

Inutile de décrire sa colère. Rouge comme un coq, le cheveu défait, j'en prendrais pour mon grade. Attitude tout à fait justifiée. Rien à répondre. D'ailleurs, faudrait encore pouvoir s'approcher pour observer le spectacle. Peut-être d'une certaine hauteur avec des jumelles. Ah, les jumelles ! Encore un mot à ne pas prononcer. Souffrances en perspectives... Nul doute, j'aime Maria. La fille de mes rêves. L'avoir dénichée et la laisser filer. Vraiment trop bête !

Enfin, le soir venu, après la tempête, je pourrais me risquer à une timide approche. Se présenter le visage en larmes et demander pardon à genoux. Me l'accorderait-elle ? Pas gagné... Une espagnole en colère, ça doit être terrible. Cris, insultes… Non, inutile d'y compter. Trahison impardonnable. Surtout devant tout le monde. Obligé de partir tête baissée pour toujours.

Fini les sourires complices, les petites douceurs à table. À la sainte table, elle me donnait son poisson, de la lotte de surcroît *Jé né pas touché !* La présidente m'offrait, elle-aussi, son médaillon de foie gras. Quelle déception pour tous ! Et dire que le président, je reviens à lui, songeait à me placer à table auprès d'un élu, le plus connu de la région. Homme important, très influent. Il m'appartenait d'accepter pour lier connaissance...

– Alors, papa... Tu dors !

– Hein ! Quoi ! Oui, je m'endormais... Avec toutes vos histoires, je ne sais plus où j'en suis. Quoiqu'il en soit, je dois réfléchir. Il ne s'agit pas d'une décision à la légère. Elle pourrait m'entraîner très loin.

– Comment ça, très loin ?

– À me retrouver piégé. Et impossible de m'en dépêtrer.

Sans l'appui de la Mama, impossible de revoir la douce Maria. Obligé d'inventer des salades pour échapper aux repas mensuels. Ou alors, dire la vérité, tout simplement *J'en aime une autre !* J'imagine les larmes au bout du fil...

Moi-même, difficile de me reconnaître. Quel mufle ! Toute cette mise en scène pour aboutir à la plus ignoble des trahisons... Plus grave que le comportement de cet homo, je parle du mari de Maria. Lui, au moins, il croyait... Donc, plein de bonne volonté. Il pensait que... Pardonnable finalement. Beaucoup moins coupable que moi !

Du coup, elles s'endorment, elles-aussi. Enfin, la paix... Quel spectacle ! Pas désagréable, malgré tout. Je m'ennuierais sans elles. Elles n'arrêtent pas... Oui, la situation exige un examen attentif. Impossible de se décider en cinq minutes. Elles ne peuvent comprendre. Sinon, il faut reconnaître qu'elle me plairait avec ses tâches de rousseur. Belle, très belle, et tout à fait charmante. Elle doit se poser des questions, elle-aussi.

Si elle pouvait voir le spectacle, avec les gamines autour de moi. Un coup à lui demander de venir.

Soudain, l'impression d'entendre frapper. Oui, contre le volet de la cuisine. Je me lève, j'ouvre la fenêtre sans bruit. Probablement un gamin. Il passe, donne un coup contre le volet...

– Mais... Vous ici ?

– Excusez-moi, je m'interroge pour Véro. Elle est chez vous !

– Oui, ici...

J'allais ajouter *Et même, dans mon lit !* Mieux vaut se taire. Elle pourrait s'interroger. Même si, après coup, elle aurait l'explication. Il pourrait en rester quelque chose, des traces dans la mémoire. Toutes les histoires entendues à la télé nous poussent à la méfiance.

– Bon, je m'en vais... Merci... Excusez-moi, je...

Oui, mal à l'aise. Pourquoi taper contre le volet ? Me demander si Véro… Prétexte pour me revoir ? Une évidence… Parfois, on dit *On ne va pas se quitter comme ça !*

— Attendez, puisque vous êtes là. Je cours vous ouvrir…
Le temps d'enfiler ma robe de chambre, et j'ouvre le portail.
— Vraiment, je suis confuse. Je…
— Ne soyez pas… Justement je pensais vous appeler. Spectacle à ne pas manquer, dis-je en refermant le portail à clé.

On ne sait jamais, un rôdeur pourrait se glisser dans la cour. Serrure toujours fermée à clé, le soir. Plus prudent. En même temps, l'impression de la prendre en otage. De l'avoir déjà un peu chez moi. Sans aucune arrière-pensée. Drôle, je pensais à elle. Je me disais, si seulement elle pouvait voir les filles. Surtout la petite…

Du coup, que sa gamine puisse se retrouver entre les draps me gêne. Au point de regretter de l'inviter à rentrer. Toutes sur le lit. Sauf elle, entre les draps. Faut dire… L'aurais-je fais rentrer si… Bien sûr que non. Et puis, les gamines endormies sur le lit. N'empêche, pas très tranquille. L'espace de quelques secondes.

Arrivée dans la cuisine, je lui explique à voix basse…
— Et Véro se tient les bras croisés dans votre lit…
— À m'imiter. On a bien ri. D'où mon intention de vous appeler pour observer le spectacle, lui dis-je en l'entraînant dans la chambre sur la pointe des pieds.
— Elles voulaient… Que vous demandaient-elles ?
— De prendre une décision à votre sujet. Et comme je ne voulais pas me prononcer, elles ont déclaré *On ne bougera pas de là !* Résultat, regardez le spectacle. Vous tombez bien.
— Vraiment… Très étonnée ! s'exclame-t-elle avec un large sourire.
— Vous voyez, je ne vous raconte pas d'histoires. Et impossible de les envoyer au lit ! Quant à Véro, revenue avec son oreiller pour installer à côté de moi. Alors, bras croisés, on se regardait…

L'impression qu'elle se moquait de moi ! Vous comprenez bien que je ne pouvais pas me prononcer.

– Charmantes vos filles !

Une manière peut-être de dire *Vous voyez, elles comprennent, elles nous voient ensemble. Nous serions si bien tous les deux !* Du coup, je l'entraîne dans la cuisine et je l'invite à s'asseoir. Oui, il faut les remettre au lit...

Soudain, une idée me traverse l'esprit...

– Vous savez, on pourrait... Vous vous dissimulez dans l'entre-bâillement de la porte, et vous observez le spectacle.

– Elles ne vont peut-être rien dire.

– Vrai, lorsqu'un enfant dort... Malgré tout... Venez, dis-je en riant.

Pour un peu, je la prenais par la main. Pas le moment de flancher... Sinon, je me retrouverais avec le même problème : une femme à la maison. Et pour toujours. Drôle, je la vois arriver de loin. Telle Annette, je ne manque pas de flair. Je me dis *Faudrait qu'elle soit là et, aussitôt, elle frappe contre le volet.* Transmission de pensée.

– Caroline ! Caroline ! Quand elle dort, elle dort... Valérie ! Oui, réveille-toi... Aller, va te coucher. Toi-aussi Caroline... Annette... Allez...

– Papa, tu as décidé quoi ? demande Caroline.

– Comment ça, décidé quoi ? J'ai décidé qu'il était l'heure de dormir. On verra demain...

– Pour la maman de Véro ! Hein, tu décides quoi ?

– Que veux-tu que je décide. Je la trouve agréable à regarder. Voilà... Tu es contente.

– Donc, tu décides...

– Ah, voilà qu'elles se réveillent... Véro ! Véro ! Vite, tu dois aller dans son lit (j'allais dire *dans ton dodo !*)

Autrefois, l'on disait *Mets tes yé yé, mange ton pinpin.*

Elle se frotte les yeux. Dommage de la réveiller ! La maman de Véro... Non, je dois dire *Annie*. Elle se tient dans l'ombre. Sans doute sourit-elle de les entendre.

– Vous n'avez pas entendu le téléphone sonner ?

– Non...

– Pas contente ! Vous dites *Annie savait que Véro était à la maison. En réalité, elle ne savait pas. La preuve...*

– Elle a téléphoné !

– Oui... Et alors, pas contente. Fallait la prévenir.

– Elle nous a vus partir avec Véro.

– Pas suffisant... La preuve ! Et alors, je le répète, pas contente du tout. Vous qui dites encore... Vous voyez... Faut pas de fier aux apparences.

– Pourtant, elle est gentille ! Et même adorable... Je suis sûr que...

– Bon, n'en dites pas trop. Surtout des bêtises. Elle vous entendrait qu'elle en serait outrée.

– On ne dit rien de mal ! Drôle, tu dis Annie. Habituellement, tu parle de la maman de Véro...

– Moi, je... Oui... Vrai, très vrai !

– Donc, tu l'appelles déjà par son prénom. Net progrès.

Lentement Véro se réveille. Elle s'étire... Obligé de la prendre contre moi. Elle me regarde. Les filles éclatent de rire. Valérie demande :

– Tu voudrais bien rester avec nous, pour toujours ?

Ses mouvements de tête ne laissent aucun doute. Puis, tout en m'observant, elle lâche *Oui* !

Enfin, sa maman sort de l'ombre...

18. Repas chez Maria

Invité à partager un repas, je me retrouve devant la maison de Maria. Présence du maire, de son adjoint et la secrétaire de ce dernier. Maria s'est exclamée *On va rire, vous verrez !*

Un peu tendu… Difficile le premier contact, lorsqu'on ne connait personne. Mais bon, il faut un commencement à tout.

Je sonne pour m'annoncer à la petite porte entrouverte sur le coté de la maison. Maria se présente :

– Je vous attendais. Les invités viennent tout juste d'arriver. À l'instant ! Entrez…

On pourrait se tutoyer. Cette réflexion me vient soudain à l'esprit. Enfin, on s'embrasse tendrement. Puis, on s'enlace. Une manière de dire qu'on s'aime, que rien n'a changé.

– Vous paraissez stressé.

– Je ne connais personne.

– Vous allez voir, parties de rigolade à n'en plus finir. Mon père n'est pas le dernier.

À peine entrés, tous les regards se tournent vers nous. La Mama visiblement heureuse, lance en riant *Ah, il est venou !*

Elle ajoute :

– Entrez, entrez ! Tout en me serrant affectueusement la main. Elle m'a vraiment à la bonne.

Elle explique aux amis :

– Nous se connaître, dîner dansant tous les mois. L'ami de Maria, observe-t-elle à son mari Polo.

Le sourire aux lèvres, il me lance un regard appuyé, avant de me tendre la main :

– Enchanté ! On ne se connait pas. On vous aura expliqué *Parti en vacances*, s'exclame-t-il l'air amusé.

Sa femme explique :

– Lui, parti garder maison mon frère. Lui, beaucoup repos. Pas fait grand-chose !

– Pas fait grand-chose ! J'ai biné tous les matins… Joints en ciment dans l'allée centrale. D'ailleurs, j'ai bronzé, observe-t-il en montrant ses bras avant d'éclater de rire.

Tandis que la Mama amorce un geste de lassitude, il reprend gaiement :

– À peine revenu, les cuivres m'attendaient sur la table, plein la table, jusqu'à parterre, sur le carrelage. Astiquer ! Toujours astiquer !

– Cuivres, tous les lundis. Toi, pas fais grand chose là-bas !

Il explique :

– J'ai toujours astiqué depuis des années. Même avant, lorsqu'il n'y avait pas de cuivre. La corvée du lundi ! À l'époque, le père Louis était encore vivant !

Sa femme se contente d'un hochement de tête *Oui, oui. Encore vivante !*

Évidemment tout le monde éclate de rire. Tout le monde connait le père Louis. Un petit bonhomme haut comme un bouchon de liège !

Alors, on s'embrasse, on éclate de rire. Heureux de se retrouver. Heureux d'avoir des amis, de pouvoir passer un bon moment ensemble !

D'ailleurs, Polo se lève :

– Je vois que tout le monde est arrivé. Sauf, observe-t-il, en regardant autour de lui, Josée. Pas de Josée, la secrétaire de l'adjoint au maire et président de l'association... Les notables vont venir, comme toujours, plus tard. Ça ne nous empêche pas de trinquer, de boire un coup. D'ailleurs, à propos de boire un coup, une surprise, une bonne surprise. Alors, bonjour les amis ! Bien content de se retrouver ! Comment ça va, toi, depuis la fois dernière ? demande-t-il à Germain.

– Ça va. Tous les jours Rungis à quatre heures du matin. Même ce matin. Fatigué !

– T'étais où toi, Polo ! Que t'es bronzé !

– J'viens de le dire. En vacances… Pas loin, à trois cents mètres. Pour garder la maison du beau-frère parti avec sa femme au Lavandou. Tous les ans… Allez, asseyez-vous, prenez une chaise. On va prendre un apéritif, puis on ira s'asseoir à la grande table. Pas vu, toi, Germain, aux boules.

– Invité au méchoui. Tu sais, comme tous les ans !

– Dans sa cour ?

– Oui, dans sa cour. Toujours bien ! Toujours beaucoup de monde !

Sa femme intervient :

– Qu'est qu'on a rigolé ! Oh, non ! Non ! Non ! Quel plaisir ! Quel plaisir ! Ah oui, toujours bien ! Lui, surtout… Il ne cesse de plaisanter avec les uns et les autres. Ça attire du monde. Et puis, le ventriloque ! Quelle partie de rigolade ! Oh, non ! Oh, non ! Oh non, jamais !

De son côté, la Mama reçoit, elle-aussi, les invités.

– Josée, t'es là ! Ooh ! Ma, t'avais pas vue ! Ooh ! Des fleurs ! Fallait pas ! Fallait pas ! Ooh ! Qu'elles sont belles ! Oui, tes affaires ici. Sur le fauteuil. Ma, rangera après. Alors, ça va ? La santé ?

– Tout doucement… Oui, ça va !

– Ton mari, il ne vienne pas !

Elle gonfle les lèvres avant d'expliquer :

– L'ordinateur. Toujours l'ordinateur…

– Ah, oui ! Oui, oui ! L'ordinateur ! Mé, il va vénir…
– Oui, il va venir. Sur l'ordinateur jusqu'au dernier moment. Surtout, ne pas perdre de temps. Enfin, il s'habille. Il arrive…

Elle se tourne vers un autre invité. Mais avant, les fleurs dans un vase.
Deux minutes plus tard, elle revient…
– Oh, et toi ! Ça va… Oh, bronzé aussi ! Partis vacances ?
– Dans les Ardennes à la chasse aux sangliers.
Sa femme intervient…
– La chasse aux sangliers… Il faudrait encore qu'elle soit ouverte !
– Ouverte depuis le 17 septembre.
– La chasse aux sangliers… Sans prendre ton fusil !
– Déjà expliqué…
– Oh, déjà expliqué ! La chasse à la poulette… fait-elle en riant. Un rire sonore, un rire strident, plein de bonne humeur.

– Bon, les enfants, observe Polo, tout à l'heure on va gouter au vin. Un tout nouveau. Je ne sais pas s'il va plaire. Et toi, Germain, rien à dire !
– Le contrecoup d'hier. Couché à 5 heures du matin.
Sa femme intervient :
– Qu'est-ce qu'on a rigolé ! Quel plaisir ! Oh, non ! Non ! De la musique encore plein la tête ! Fatigués. Levés à 11 heures du matin.

Polo reprend :
– Allez, les amis ! Prenez place, on va trinquer. Bouteilles commandées tout exprès. Et pas n'importe quel vin. On va le goûter. Je ne sais pas s'il est bon. Il faut bien rire !
– Six bouteilles ! Lui, pas me dise ! observe sa femme…
– Il ne devrait pas être mauvais !
– De quelle région ?
– C'est toute la question. Pas le vin habituel. Enfin, c'est pour

rire ! Une bonne surprise pour les copains ! Ah, ça fait plaisir de se retrouver. Faut en profiter. Personne ne connaît l'avenir. Tant qu'on peut ! Peut-être qu'on finira en ehpad, observe-t-en regardant sa femme l'air amusé. Et si malheureusement… Il faudra venir nous voir ! Ne pas laisser tomber les amis ! On prendra le vin comme l'apéritif. Histoire d'y goutter ! Après le kir habituel préparé par notre ami Germain.

Sa femme observe :

– Après, un kir… Oui, oui.

La Mama observe :

– Ma ve pas ehpad. Ma, préfère mouri !

Enfin, il faut montrer bonne figure. Elle finit par rire… Quelqu'un demande :

– Et Josépha !

– Il n'est pas là, Madrid. Maria oui, revenue de chercher lé gâteau. Commandé ché lé boulanger. Maria, observe-t-elle en regardant son verre, il en a une amoureux ! Une homme bien, très gentil. Lé grand amour ! Il fallait… Ma, contente !

– Moi aussi. Vraiment pas de chance ! Pouah ! s'exclame son père en secouant la tête. Il grimace.

– Le maire et son adjoint…

– Plus tard… Ils viendront plus tard. Du travail à la mairie. Oui, le maire, son adjoint et sa secrétaire, invités eux-aussi. Elle, Josée, sa secrétaire, déjà arrivée. Seule ?

Josée explique à nouveau :

– L'ordinateur jusqu'à la dernière minute. Il va venir.

– Pas vacances cette année ?

– Quinze jours dans le Morbihan. Du beau temps ! Il n'a plu que deux fois. Une fois, sept jours et, une autre fois, cinq jours. Par contre, beaucoup de vent, observe-t-elle en riant.

Polo se lève…

– Bon, les enfants, on va gouter au vin. Mais avant, important, l'étiquette. Alors, que je vous montre. Tiens maman, tu donneras deux bouteilles. Oui, à côté du fauteuil. Oui, là… Donne… Merci !

Polo retire le papier de soie, visiblement amusé de montrer sa découverte. D'ailleurs, il explique tout bas *Pour les copains !*

– Regardez l'étiquette ! Vin du… observe-t-il en montrant la bouteille à tous.

La Mama, explique :

– Lui, le vin, plaire à tout le monde, puisque venir de là-bas. Au Lavandou, tout il est meilleur. Oui, oui, le Lavandou, le Lavandou ! Ma, croyais pas. Polo commandé sans me dise.

Évidemment cette initiative suscite des éclats de rire. Tout le monde connaît le problème, l'histoire de la remorque à moitié pleine et la voiture empruntée, pour la revoir le lendemain soir.

Voyant la bouteille de vin, la femme de Germain, s'exclame en riant :

– Oh non ! Oh non ! Oh non, jamais ! Oh non, jamais ! Jamais !

Bientôt, une femme rigolote s'exclame d'une voix sonore :

– Les artistes sont rentrés de Rungis à 11 heures. Puis, s'adressant à son mari *J'espère que tu ne m'as pas encore apporté des cagots de cornichons.* L'autre jour quatre cagots ! Alors, que je vous raconte, observe-t-elle en riant… Hier, j'entends frapper à la porte. J'ouvre… Une femme d'une cinquantaine d'années explique timidement *Pardon madame, je viens vous voir, car j'habite à l'autre bout de la rue. Oui, tout au bout, la dernière maison. Et l'on se voit obligé de fermer la fenêtre, car on vous entend crier. Vous parlez fort !* Par politesse, je lui demande de bien vouloir m'excuser. Tout en expliquant *Mon homme est sourd !* Puis, une idée me traverse l'esprit *Vous voulez des légumes ?* Elle répond *Oui.* Du coup, je prépare un cagot de légumes que je place au-dessus de celui des cornichons. Ainsi, je lui donne les deux cagots. Ni vu, ni connu ! s'exclame-t-elle en glissant une main contre l'autre, en éclatant de rire ! Que veux-tu que je fasse avec tes cagots de cornichons ! Il ne réfléchit pas ! Pourquoi m'apporter quatre cagots de cornichons !

Tout le monde éclate de rire.

– Oh, non ! Oh, non ! Oh, non ! Jamais ! Jamais !

– Il me dit, fait-elle en désignant son mari *Tu cries comme une baleine !* Obligée de crier, il n'entend pas ! Il est sourd… Il devient sourd. Plus je crie, moins il entend ! Il va chez le dentiste. Il lui dit *Monsieur Lecornu, encore une dent de cassée.* Il casse toutes ses dents. Il grince des dents. Il dit *Tu m'énerves de t'entendre crier comme ça !* Obligée de crier. Pourquoi m'apporter quatre cagots de cornichons ? Qu'est-ce tu veux que je fasse avec… Sinon, les donner aux voisins. Ou alors, préparer de la purée ! Tiens ! On fait bien d'en parler, tu vas en manger de la purée de cornichons ! Tous les jours ! Ah ! Ah ! Les gens me disent *Vous parlez fort !* De sa faute, il n'écoute pas !

Son mari s'exclame :

– Tu as toujours parlé fort !

– Lorsqu'on veut se faire entendre… Oh, un jour ! s'exclame-t-elle en joignant les mains, un syndicaliste m'approche pour venir militer. Pourquoi ? Parce que ma voix porte et qu'on m'écoute. Quand je parle, personne ne me contredit, même si la plainte est justifiée. Pareil pour la bonne femme d'hier soir ! Je lui dis *Que voulez-vous que j'y fasse, mon homme est sourd. Ou alors, il faut que je change de bonhomme.* Ah ! Ah ! Enfin, elle est partie avec un cagot de cornichons.

Chacun se retrouve le sourire aux lèvres.

– Ils disent, observe-elle en parlant des artistes, de Germain et de son mari, on est fatigué. Ils ne savent pas se débrouiller. Au lieu de partir avec un seul chauffeur à Rungis, non ils partent à deux. Sinon, l'autre pourrait venir retrouver le camion lorsqu'il s'arrête sur le bord des routes pour vendre les légumes. Non, ils partent à deux et reviennent à deux. À part ça, ils vendent bien. Vous vendez bien !

– Pas à se plaindre, observe son mari. On vend au bord des routes et le reste de la cargaison aux commerçants qui font les marchés. Prix bas, sans intermédiaires.

– Alors, un jour, qu'ils venaient de vendre des légumes sur une place… Tous les deux dans le camion, les portes à demi-fermées lorsque quelqu'un, un plaisantin, verrouille les portes. Les voilà enfermés. Obligée d'aller les chercher. Ils tambourinaient, personne ne venait ouvrir. Pourquoi les portes à demi-fermées. Ils disent *On fait tout ensemble !* Je m'en aperçois. Alors, attendez la meilleure… On arrive, un attroupement autour du camion. Quelqu'un exclame *On entend du bruit à l'intérieur !* Personne n'a la présence d'esprit d'ouvrir la porte ! observe-t-elle en se tapotant la tempe de son index.

– Ce jour là ! s'exclame son mari en hochant la tête.

– Attendez, pas fini ! J'allais ouvrir, alors que je me dis, puisque j'avais les clés du camion, on va les laisser mijoter à l'intérieur. Reymond prend le camion, moi la voiture, et nous voilà partis. Évidemment, on coupe le téléphone. On s'arrête quinze kilomètres plus loin. Je téléphone pour dire qu'on ne les trouvait pas. On a bien rigolé ! Là encore, pourquoi entrebâiller les portes !

Évidemment, cet épisode malheureux nous fait bien rire.

– J'ai toujours parlé fort. Une voix qui porte. Un jour, un homme m'observe… Puis, demande… *Que faites vous comme métier ?* Je réponds n'importe quoi, ce qui me passe par la tête *Je vends du poisson !* Il claque dans ses mains. Mais oui, mais c'est bien sûr ! Alors que je n'ai jamais vendu un poisson ! Ah ! Ah ! Il dit *J'aime bien votre coiffure. Le cheveu un peu frisoté sur le devant vous donne un certain charme !* Il ajoute *Vous êtes belle !* J'observe *Je suis moche, regardez mes rondeurs !* Il répond *Je vous trouve très belle, séduisante.* Je me dis *Voilà un homme qui sait parler aux femmes.* Autrement que mon homme. Jamais le moindre compliment ! Il pourrait me dire de temps en temps *Que tu es belle !* observe-t-elle en le désignant. Je demande *Vous n'êtes pas sourd ?* Il demande *Non, pourquoi ?* En moi-même, je me dis *Ça serait peut-être le moment de changer de bonhomme !* Ah ! Ah ! Enfin, il observe *Vous aimeriez changer de métier ?* C'était pour militer, comme je viens de le dire, dans les rangs de la CGT.

– Oh non ! Oh non ! Oh non, jamais ! Oh ! Oh ! Oh ! Regardez là-bas, dehors dans la rue… Les gosses s'amusent autour d'une barre de fer. Autrefois, on appelait ça *Jouer à la trambouillette.* Quand on est jeune ! Oh, non ! Oh non ! Oh non, jamais !

Polo observe :

– Nous aussi, étant jeunes, on jouait à la *trambouillette.* Plus pour nous !

– Bon, ce n'est pas tout ça, on parle, on parle… Ça donne soif ! Germain prend la parole…

– Une histoire… La première année qu'on avait la caravane. Alors, la nuit, on ouvrait les fenêtres pour avoir de l'air. Près de nous, une tente de camping avec des jeunes qu'on ne voyait jamais. Ils revenaient le soir pour dormir. Serrés sur le terrain, comme on l'était, on entendait tout, tout, de leurs débats… Elle ne cessait de répéter *Non, ne touche pas à mon popo !* Nous, on se racontait entre voisins, et l'on se tordait de rire. Puis, une nuit, on l'entend crier *Aïe ! Aïe !* À partir de ce jour là, fini, on ne l'a plus entendu parler de son popo ! Qu'est-ce qu'on rigolait. Et l'on en rigole encore…

– Une autre, s'exclame mon voisin. Un jour, une petite fille rentre de l'école. Elle tourne la clé dans la serrure, personne. Bientôt, elle monte sur la pointe des pieds au premier étage et regarde dans la chambre de ses parents, pour ne pas déranger, par le trou de la serrure… Elle se redresse, met les poings sur ses hanches et s'exclame *Dire que maman me dispute quand je me mets un doigt dans la bouche !*

Encore une autre... L'histoire d'un homme qui va chez le coiffeur : deux cheveux sur la tête. Le coiffeur demande *Je vous coiffe comment ? -- La raie au milieu.* Zut ! Il perd un cheveu. Le coiffeur demande *Et maintenant ?* Le client répond, après quelques hésitations *Maintenant, en arrière.*

Nous aussi, on rigole, avec Maria. De temps en temps, elle me serre le bout de doigts.

Soudain, elle murmure *Venez dans ma chambre, plein de choses à raconter. Il m'arrive une histoire incroyable ! Vous allez être surpris, très surpris.*

Main dans la main, on se dirige en riant vers l'escalier... Bientôt, elle referme la porte de sa chambre avant de m'embrasser sur les lèvres, longuement, langoureusement. Puis, voilà qu'elle m'explique *Il s'est passé quelque chose d'incroyable ! Vous allez être surpris, agréablement surpris.*

Évidemment, je me pose des questions. Pourquoi *Agréablement surpris ?* Donc... Non, je ne comprends pas. Faut dire, je ne comprends jamais rien. Moi les femmes... Difficile à cerner.

– Je t'aime, s'exclame-t-elle soudain en se nichant contre moi.

Justement, j'y pensais en arrivant *On pourrait se tutoyer !* Transmission de pensée. Quant on s'aime...

– Que je t'explique... La semaine dernière, je téléphone à ma sœur pour lui dire *J'y pense soudain... Je suis mariée, puisque passée devant le maire, et je dois garder mon pucelage !* Elle observe *Figure-toi qu'on s'est posé la question avec maman.* On s'est dit *Puisque tu es mariée, ce serait normal d'oublier cette histoire de pucelage ! Tu as été assez malheureuse. Alors pourquoi se torturer l'esprit ? Pourquoi chercher midi à quatorze heures ? Puisque tu as trouvé quelqu'un...*

– Le problème, dis-je...

Eh oui, avec les trois filles ! Impossible !

Elle pose son doigt sur ma bouche.

– Tout est arrangé !

Tout est arrangé… Oui et non. Encore une fois, il y a les gamines. Impossible de les abandonner, de les mettre en famille d'accueil. Elles ne le supporteraient pas et moi non plus. Non, impossible. Alors…

– Je ne comprends pas !

– Bien sûr, que tu ne comprends pas ! Je vais t'expliquer…Je sais tout. On sait tout depuis le début. Presque depuis le premier jour.

– Vous savez tout… Tout quoi ?

– Que tu vis seul avec tes trois filles, qu'elles s'appellent Annette, Valérie Caroline. Qu'elles sont jolies, bien élevées. Tout le monde en parle, tout le monde vous admire dans le quartier. On sait aussi que tu travailles parfois la nuit, qu'une fille vient les garder. Et que vous couchez ensemble. Qu'elle est jeune, trop jeune pour toi !

Obligé de m'asseoir. L'impression de prendre un coup sur la tête, que tout s'effondre autour de moi. En même temps, je ne cessais de me poser des questions, de ne pas comprendre pourquoi personne ne demandait ma situation de famille ? Normalement, la première question qu'on pose lors d'une rencontre ! Rien, pas la moindre question. D'où mes interrogations. Je ne comprenais pas !

– Donc, vous saviez tout !

– Quelqu'un de très proche habite dans ta rue, près de chez toi. Alors, on sait tout. Et puis, après notre promenade en foret, j'ai tout raconté, ta manière de te comporter. Surtout, lorsque nous sommes rentrés à la maison. Dans ma chambre, souviens-toi, j'étais prête à faire n'importe quoi, à coucher, à me faire dépuceler. Tu t'es montré d'une prévenance, d'une gentillesse. Tellement étonnant, si inhabituel ! Maman s'est montrée tout à la fois conquise et surprise !

Je ne sais que répondre. Mes yeux sont humides…

Soudain, voilà qu'elle s'assoit sur mes genoux, qu'elle cherche mes lèvres.

C'est tout juste si elle ne dit pas *Fais de moi ta maîtresse. Mon pucelage pour toi* !

Abasourdi… Je viens d'entendre, si je traduis en clair *Ne changes rien à ta vie. Tu couches avec la fille qui garde tes petites. Mais aussi avec moi. Quand tu veux, je suis à toi !*

On se serre l'un contre l'autre… Plein de petits bisous, des murmures où percent des *Je t'aime*….

Soudain, elle s'exclame :
– Retournons en bas !
Tout en descendant l'escalier, je me tiens le front. L'impression de rêver.

19. Repas chez Maria

Bientôt, nous regagnons nos places sous les applaudissements. A-t-on parlé de nous, du mariage raté de Maria, des propos inquiétants du psy. Et finalement de moi, de mes filles ? Probablement !

C'est vrai j'entends parler, moi-aussi, des gamines. Bien éduquées, polies, toujours bien habiller. Surtout au début, lorsque je travaillais de nuit. Personne pour les garder. Je les appelais depuis mon poste de travail. D'abord, pour les réveiller. Puis, à intervalles réguliers pour suivre l'avancée… Enfin, puisque je quittais à 08h00, je les récupérais à la maison avant de nous retrouver devant l'école à 08h25. Tout juste à l'heure ! Les voisins ne sont pas aveugles. Une telle organisation force l'admiration. Jamais, je n'ai manqué un jour de travail !

Vrai qu'avec Maria… Le souci de bien faire, sans chercher à profiter de la situation. Évidemment j'ai remarqué, lors du retour de notre promenade en foret que…Non, je ne voulais pas abuser. Au final, comportement sans reproche, désintéressé, exemplaire. Arrivé au bout, ça porte ses fruits. Pareil que la Mama. Là aussi ça porte ses fruits. Maison tirée à quatre épingles, filles bien élevées… Famille unie. D'où l'histoire du pucelage. Maria demande la permission de sa sœur, de ses parents. D'autres, se passeraient superbement de leur avis ! Mais le résultat est là. Des filles étonnantes !

Ah, quelle ambiance ! On entend plaisanter, éclats de rire… Non, ni le maire, ni son adjoint ne sont arrivés ! D'ailleurs, la Mama en parle :

– Il, le maire, il en a fait de belles choses dans le pays. L'autre d'avant aussi. Il les a mariés, lui et sa demoiselle.

Maria se charge de traduire :

– Maman veut dire que le maire actuel a marié, après son élection, son prédécesseur dans la mairie du village. Bref, restés en bons termes malgré des idées politiques différentes. D'où une certaine largeur d'esprit. Le maire battu aux élections ne n'accepte pas toujours. Parfois, pleuvent des insultes par l'intermédiaire des médias, recours auprès des instances administratives pour malversation lors de l'élection, et que sais-je encore ! D'où des procédures à n'en plus finir... Lesquelles aboutissent rarement... Pourquoi ? Tellement partisanes, si pleines de haine. Pas le cas chez nous. Les élus, quelles que soient leurs idées politiques, se montrent d'une parfaire correction. Il devrait toujours en être ainsi. Hélas, pas toujours le cas ! Par contre, mes parents ne sont pas allés au mariage.

– Non, non. Pas au mariage ! Moi, connaisse pas... On m'a dise *Sa demoiselle passe ici, devant votre porte, tous les jours à 14h.* Ma regardé tous les jours, jamais vu ! Lui, Polo, ve pas regarder. Ve pas s'occuper des autres.

Il s'exclame :

– Par contre, pétards, feu d'artifice ! Le principal est de s'aimer. Le reste...

Soudain, on entend frapper. La porte s'ouvre :

– La maire ! s'exclame la Mama.

Évidemment, tout le monde se lève face à ces notables. On serre les mains, on s'embrasse, avant d'entendre des exclamations de surprise et de bienvenues.

– Comment va ? demande Polo.

Ah, pas de chance ! Coup de téléphone... Le maire se voit obligé de répondre. Il s'éloigne de la table... Enfin, la conversation se termine, alors qu'il revient en s'exclamant avant de raccrocher *Merci Lionel !* Puis se tournant vers son adjoint *On peut compter sur lui !* Enfin, information sibylline pour nous autres, la tablée *Premier adjoint au maire ! Non pas celui de notre commune. Lui, on le connait. Il est là, avec nous !* s'exclame-t-il avec bonne humeur. Enfin, il continue à informer son adjoint *J'espère qu'il réussira...*

Bientôt, le voilà avec nous ! Il lève la tête, retrousse les narines :
— Je sens... La paella !
— Il finisse de cuire de l'autre côté dans la cour sous une feu ! s'exclame la Mama.
— Obligé de me lever aux aurores pour allumer le gaz. Non, je plaisante. Et à part ça ! La mairie, pas de soucis particuliers ? Personne ne s'est jeté sous un train cette nuit ! s'exclame Polo !
— Ça arrive malheureusement. Non, pas ces derniers jours !

Le sourire aux lèvres, le maire et son adjoint observent l'étiquette de la bouteille qu'on leur présente, avant d'éclater de rire. Eux-aussi connaissent l'histoire du Lavandou. Et puis, on se téléphone... Surtout la secrétaire de l'association, Josée, avec son président.
Polo s'exclame soudain :
— Vous tombez bien ! Justement, on s'apprêtait à le goutter. Spécial, exprès pour les copains. Surtout pour rire... On vous attendait ! Bon alors, vous m'en direz des nouvelles ! En réalité, j'en sais rien. Pas gouté. Un vin correct, sans doute. Alors, les verres... Ah, belle couleur ! Bon signe... Important la couleur !
Tout le monde acquiesce autour de la table. Chacun observe avec un sourire amusé les verres se remplir... Le bruit ! Important, le bruit. Bref, un vin vif, prometteur. Reste à le goutter. Encore autre chose... La robe ne fait pas tout ! Pareil qu'une femme, il faut...
Enfin, chacun lève son verre, avec une certaine appréhension. On aimerait que...
— À la bonne nôtre !

Et voilà, c'est parti. Les avis vont tomber. Déjà, les têtes basculent de gauche et de droite. Visiblement pas mauvais… Il tient ses promesses. Rien à redire !

— Pas mauvais !

— Très bon ! Un vin vif, audacieux…

Ce mot *audacieux* rappelle à Polo, une histoire étrange :

— Un jour l'idée me prend d'aller consulter une voyante qui habitait au bout du village. Beaucoup la consultaient chez nous. Le tout, se forger une réputation. Ensuite, le bouche à oreille… Ses visions se révélaient d'une grande justesse. Alors, j'y vais… J'attends dans la salle d'attente. Ça sentait bon le café. D'ailleurs, j'entendais le bruit de la cafetière dans la pièce voisine… Enfin, elle me fait rentrer.

On ne se connaissait pas ! Tandis qu'elle donnait un coup de chiffon à sa boule de cristal, elle me parle de la pluie et du beau temps… Lorsqu'elle m'offre un café. Pas de refus. Il était bon son café !

Enfin, elle éteint la grande lumière avant de s'installer devant sa boule. Bientôt, elle s'exclame *C'est drôle, je vous vois au 13ème siècle. Sans doute un parent. Personnage audacieux…* Oui, elle me parle d'un personnage audacieux. C'est pourquoi je rapporte l'anecdote. Je m'exclame *Connait pas ! Personne à ma connaissance.* Alors, elle continue… *Voyage en Chine, au Japon ? Aucun souvenir d'un tel voyage ?* Je réponds *Non.* Le temps passe. Elle regarde sa boule de cristal en se penchant à droite, à gauche… Elle ne semblait pas trouver ! Lorsqu'elle s'exclame *On dirait le voyage de Marco Polo, Italien originaire de Venise…* Je ne peux pas m'empêcher de m'exclamer *Curieux, car je me prénomme Polo !* Voilà ma seule expérience. Bien-entendu, on ne croit pas à ce genre de bêtises… Et pourtant ! Il montre son pouce…

Oui, vraiment du talent !

— Évidemment, Marco Polo… Et puis, elle m'a raconté beaucoup de vérités. Rien d'inventé. De mon côté, aucune intention de coller à ses explications. Disons qu'on en avait pour son argent. Elle ne racontait pas d'histoires. Elle voyait réellement. Un don… Comment l'expliquer ? Et puis, elle est morte. On venait de loin pour la consulter. La queue devant chez elle. Jamais je n'y suis retourné. Pour quoi faire ? Pour apprendre qu'on finira en ephad ! s'exclame-t-il pour plaisanter en observant sa femme.

Bientôt, il ajoute un fait fort étrange. Souvent, une amie vient aux réunions de famille, accompagnée d'une petite handicapée (trisomie 21). Or, voilà qu'elle l'appelle Marco. Au début, ils la reprenaient… Peine perdue, pour elle, c'est Marco. Là encore, comment l'expliquer ?

— Beaucoup de la rigolade. Hou ! Toujours assise à côté de Polo. El dit *Arrête Marco ! Arrête Marco !* El chahute. *Elle lui donne des coups sur son épaule.*

— C'est vrai qu'on a bien du plaisir. Pendant le repas, elle vient auprès de chaque invité pour demander *Ça va !* Et naturellement, elle parle de son Marco, me confit Maria.

Enfin, Polo se lève :
— Allez, en attendant… Non, pas déçu. On ne sait jamais ! Je n'allais pas prendre deux bouteilles. Six, c'est bien ! Et puis, si l'on veut on peut commander.
— À qui ? demande sa femme ?
— À ta belle sœur ! observe-t-il pour rire.
— Ah non ! Toi demandes rien du tout. Toi laisses tranquille ! Pourquoi toi fais les joints du carrelage de sa cour et nettoyage du jardin ?
— Tu ne comprends pas !
— Non, ma comprends pas. Il y a une étiquette *À vendre !*
— Justement, la pancarte attire le regard, de beaux joints bien faits. Je me suis appliqué… Ainsi la maison partira plus vite à la vente. Tu comprends ! s'exclame-t-il en éclatant de rire.

– Eux partir vite, vite, vite. Avec cow-boy… Eux, partir loin. Oui, Lavandou. Ma, ve pas aller ehpad ! s'exclame-t-elle des larmes aux yeux.

Quoiqu'éprouvant de la compassion, toute la tablée éclate de rire.

Puis, elle explique soudain, dans un murmure, un léger chuchotement, un fait particulièrement intrigant. Un des locataires du lotissement d'en face partait tous les matins avec sa femme. Puis, un jour, il sort de chez lui avec un sac entouré d'une ficèle. Donc, on aurait pu croire… Mais voilà qu'il revient le soir, avec le même paquet. Et depuis, curieusement, il part tous les matins et revient le soir avec ce paquet. Intriguant !

– Avec de la ficelle autour ?

– Si… Ma pas comprendre !

– Polo…

– Lui, Polo, veut rien entendre. Lui dise, pas s'occuper voisins.

Vrai que Polo regarde par la fenêtre, qu'il sifflote, tandis que sa main pianote sur la table. Même attitude lorsque, tout à l'heure, il était question de l'ancien maire. Visiblement, il ne veut rien entende de ces histoires.

Du coup, la Mama écarte les mains. Une manière de dire qu'elle ne comprend pas. Aucune explication ! Il ne s'agit pas d'un cadavre. Sinon le criminel ne l'emmènerait pas le matin pour le ramener le soir ! Quel mystère !

Puis, voilà qu'elle revient vers la femme de Germain, visiblement sa confidente, avec une petite boîte. Petites chaussures destinés à un enfant. Peu à peu, je comprends qu'elle souhaiterait devenir mamie et qu'elle achète, en cachette, des affaires qu'elle range dans une commode. Je me fais cette réflexion, car Maria vient de s'absenter. Puis, après un rapide coup d'œil autour elle, voilà qu'elle glisse la boîte sous un fauteuil.

Bientôt, elle revient en s'exclamant :

– Ma, ça manque ! Lui aussi, fait-elle en désignant son mari.
– Vrai, ça nous manque ! observe Polo.

Soudain, scène surprenante… Deux convives font le poirier au milieu du séjour. Aussitôt rejoints par le maire et son adjoint sous les applaudissements des convives. Lorsqu'on entend *Maman ! Maman !*

Après un moment d'hésitation, car difficile de reconnaitre des têtes à l'envers, la femme de Germain reconnait la voix son fils…
– Oh ! Oh ! C'est Gérard ! Oh, non ! Oh, non !
D'ailleurs, voici qu'ils viennent la rejoindre, lui et sa femme.
– Oh ! Combien tu es rouge mon gamin ! Y'à que toi pour faire ce genre de bêtises. T'as pas changé !
Elle se lève, l'embrasse, s'écarte pour l'observer avec admiration. Puis, se tournant vers l'assistance :
– Il n'a pas changé ! Je l'aime mon gamin. Il reste toujours mon gamin malgré ses quarante ans.
– Maman !
– Oui, mon grand dégozio ! s'exclame-t-elle en le scrrant contre elle.
Évidemment, elle adresse un mot à sa belle fille :
– Je ne te savais pas si leste ! Gérard, oui. Tout petit, il marchait déjà sur les mains. Mais toi…
– Vous voyez, belle-maman, vous ne savez pas tout !

Bientôt, la secrétaire de l'association, Josée, s'exclame :
– Et si nous revenons, après ces pirouettes, aux choses sérieuses Monsieur le maire ! Tu dois toujours 59€.
– Moi, s'exclame-t-il en riant.
– Tu as donné deux billets de 50€ la fois dernière. Reste un solde de 59€. Tu paies des tournées à boire aux uns et aux autres en disant *Vous mettrez ça sur mon ardoise !* Parce que moi, je suis obligée de rendre compte au comptable.
Sa tête balance de droite et de gauche, avant de s'exclamer :

– À prendre avec des pincettes, le copain ! Parfois, je n'en dors pas de la nuit avec toutes ces histoires. D'ailleurs, j'ai l'intention de donner ma lettre de démission.

– Tu peux toujours l'envoyer, elle ira directement à la poubelle. Comme toutes les autres ! s'exclame en riant l'adjoint au maire et président de l'association.

Du coup, le maire ouvre son portefeuille et tend deux billets : l'un de 50€, l'autre de 10€.

– Josée ouvre son sac pour lui rendre 1€

– Pas la peine ! observe le maire.

– Non, non, les comptes sont les comptes. Voilà, un euro. Moi, j'en ai marre d'aller pleurnicher auprès des uns et les autres. Ah tiens ! Pendant que tu es là, observe-t-elle en s'adressant au président, deux nouvelles adhérentes. Problème, il faut payer la cotisation annuelle avant de se rendre au repas. Les gens ne comprennent pas ! Non, pas de repas sans assurance. Heureusement, Caroline me passe un sacré coup de main. Vraiment pas à me plaindre, une chic fille ! De ce côté-là...

Soudain, elle lève la tête.

– Ah, le voilà ! Il arrive tout piam piam. Surtout, ne te presse pas ! Toujours sur son fichu ordinateur !

Fin (à suivre)

Table des matières